회귀자와 함께 살아가는 법

회귀자와 함께 살아가는 법 6

재미두스푼 현대 판타지 소설

초판 1쇄 찍은 날 § 2022년 5월 20일
초판 1쇄 펴낸 날 § 2022년 5월 27일

지은이 § 재미두스푼
펴낸이 § 서경석

총괄팀장 § 황창선
편집책임 § 이준영
디자인 § 스튜디오 이너스

펴낸곳 § 도서출판 청어람
등록번호 § 제387-1999-000006호
등록일자 § 1999. 5. 31
어람번호 § 제1-3181호

본사 § 경기도 부천시 부일로 483번길 40 서경B/D 3F (우) 14640
편집부 § 서울시 구로구 디지털로 272 한신IT타워 404호 (우) 08389
전화 § 02-6956-0531 팩스 § 02-6956-0532
http://www.chungeoram.com
E-mail § chungeorambook@daum.net

ISBN 979-11-04-92432-3 04810
ISBN 979-11-04-92411-8 (세트)

청어람
도서출판

6

회귀자와 함께
살아가는 법

재미두스푼

현대 판타지 소설

MODERN FANTASTIC STORY

회귀자와 함께
살아가는 법

목차

Chapter. 1

　내가 양미향을 위해서 준비한 선물은 꽃다발이 끝이 아니다.

　꽃다발 안에는 작은 봉투가 숨어 있다.

　그 봉투 안에 들어 있는 것은 고급 피부 관리 숍 1년 회원권.

　꽤 고가였지만, 백주민 덕분에 돈을 많이 벌고 있는 덕분에 부담은 되지 않았다.

　"어머, 여기 봉투도 있네요."

　"피부 관리 숍 연간 회원권입니다."

　"여기 회원권이 많이 비쌀 텐데. 서 선생님, 정말 감사해요."

　선물을 받은 양미향은 십 대 소녀처럼 뛸 듯이 기뻐했다.

'같은 사람 맞아?'

얼마 전 장덕순 앞에서 범접 불가한 강렬한 포스를 내뿜으며 몰아붙이던 것과는 백팔십도 다른 모습.

'여자의 변신은 무죄인 건가?'

그래서 내가 양미향을 신기하게 바라보고 있을 때, 채수빈이 서운한 기색으로 입을 뗐다.

"선생님, 저는요?"

"응?"

"저는 선물 없어요?"

"수빈이 선물도 당연히 준비했지."

"정말요? 어떤 선물인데요?"

"서진우 일일 자유 이용권."

내가 채수빈을 위해서 준비해 온 선물의 정체를 밝혔다.

그리고 채수빈이 이 선물을 무척 좋아할 거라고 예상했는데.

내 예상은 빗나갔다.

"에이, 그게 뭐예요?"

채수빈은 실망한 기색이 역력했다.

'이게… 아니었나?'

'서진우 일일 자유 이용권'이 아니라 명품 가방을 선물로 사 왔어야 했다는 후회를 하며 내가 다시 입을 뗐다.

"영화 촬영 현장, 한번 구경해 보고 싶지 않아?"

"선생님, 그건 무슨 소리예요?"

"내가 제작하고 있는 영화 '끝까지 잡는다'가 곧 크랭크 인해서 그 촬영 현장에 수빈이랑 같이 가 보려고 했었거든."

"어머, 정말이요? 정말 구경하러 가도 돼요?"

"그럼. 제작자가 촬영 현장에 찾아가겠다는데 어느 누가 반대하겠어? 배우들도 소개시켜 줄게."

"꺄아. 선생님 너무 좋아요."

채수빈이 그제야 반색할 때, 양미향이 채동욱에게 지적했다.

"당신도 서 선생님한테 좀 배워요."

"나더러 뭘 배우란 거야?"

"서 선생님처럼 서프라이즈 선물도 준비할 줄 아는 스위트한 남자가 돼 봐요."

채동욱은 대꾸하는 대신 위스키 병을 들어 올렸다.

"서 선생."

"네."

"괜한 일을 벌여서 애꿎은 내게도 불똥이 튀는군. 어서 벌주 한 잔 받아."

"알겠습니다."

쪼르륵.

내가 들어 올린 잔에 위스키를 따르며 채동욱이 물었다.

"왜 말렸나?"

"무슨 말씀이십니까?"

"차연동 팀장 말이야. 회사 내규를 어겼던 것을 구실 삼아서 해고해 버리려고 했는데 왜 말렸냐고 묻는걸세."

"해고할 정도로 큰 잘못을 저지르지는 않은 것 같아서요."

내가 웃으며 대답하자, 채동욱이 고개를 가로저었다.

"아니, 난 해고당할 정도로 큰 잘못이라고 생각하네. 서 선생은 그만큼 내게, 또 우리 가족에게 중요한 사람이니까."

'이러다가… 진짜 가족이 되는 것 아냐?'

날 바라보는 채동욱의 눈빛이 의미심장했다.

아무래도 양미향에 이어서 채동욱도 날 사윗감으로 점찍은 듯 보였다.

그래서 내가 진짜 이 집 사위가 될지도 모르겠다는 생각을 하고 있을 때, 채동욱이 은근한 목소리로 다시 물었다.

"그런데… 내 건 없나?"

"네?"

"선물 말이야."

'돈도 많은 양반이.'

은근히 선물을 기대하고 있는 채동욱을 확인한 내가 속마음과는 다른 말을 꺼냈다.

"물론 준비했습니다."

"뭔가?"

잔뜩 기대한 표정을 짓고 있는 채동욱에게 내가 물었다.

"두정식품에 대해서 알고 계십니까?"

*   *   *

리온 엔터테인먼트 본사 인근 커피 전문점.

"아이스 아메리카노 한 잔."

심대평이 주문을 마치고 빈 탁자에 앉았다.

"주문하신 아이스 아메리카노 나왔습니다. 맛있게 드세요."

잠시 후 여종업원이 빨대가 꽂힌 아이스 아메리카노 한 잔을 탁자 위로 가져왔다.

"이건… 좋네."

심대평이 픽 웃으며 혼잣말을 꺼냈다.

2020년에는 프랜차이즈 커피 전문점들이 득세했고, 자연스럽게 셀프서비스가 보편화됐다.

그래서 카운터에서 커피를 주문하고 진동 벨을 받아서 진동 벨이 울릴 때까지 기다렸다가 직접 커피를 가지러 가야 했었는데.

1990년대는 2020년과는 많이 달랐다.

우선 카운터에서 주문을 하고 나면 종업원이 직접 커피를 탁자로 가져다 주는 것이 마음에 들었다.

그리고 하나 더.

실내에서도 어느 누구의 눈치도 보지 않고 마음껏 담배를 피울 수 있다는 것도 좋은 점 중 하나였다.

딸깍.

후우.

담배에 불을 붙이고 뿌연 연기를 내뿜었던 심대평의 눈에 손님 중 한 명이 펼치고 있는 신문의 기사 제목이 들어왔다.

〈태국 부채 가파르게 증가. IMF에 구제 금융 신청 논의 중.〉

"올해구나."

동남아시아 국가 중 하나인 태국만 외환 위기에 처하는 게 아니었다.

대한민국 역시 외환 위기에 빠지고, 외환 보유고 부족을 해결하기 위해서 국제 통화 기금인 IMF에 구제 금융을 신청한다.

그리고 대한민국이 IMF에 구제 금융을 신청하는 때가 바로 올해 1997년이었다.

그 기사 제목을 확인한 심대평이 눈살을 찌푸렸다.

"이걸… 어떻게 해석해야 하지?"

'텔 미 에브리씽'을 서진우에게 빼앗긴(?) 후, 심대평은 레볼루션 필름을 본격적으로 주시하기 시작했다.

그래서 레볼루션 필름 서진우 대표가 유니버스 필름 이현주 대표와 손잡고 얼마 전에 'IMF'라는 작품을 제작해서 개봉했다는 사실은 알고 있었다.

아니, 단순히 개봉했다는 사실만 알고 있는 게 아니라, 직접 영화관을 찾아가서 작품을 관람했었다.

"국가부도!"

그리고 'IMF'라는 영화를 관람한 후, 심대평이 당연하다는 듯이 가장 먼저 떠올렸던 것은 '국가부도'라는 작품이었다.

'국가부도'는 지금부터 약 20년 후인 2010년대 후반에 개봉했던 작품.

하지만 보통 사람들은 그 사실을 알지 못했다.

회귀자인 심대평만 알고 있는 정보였다.

어쨌든 심대평은 서진우가 제작한 'IMF'라는 작품을 관람하고 난 후, 머릿속이 복잡하게 헝클어졌다.

'비슷하긴 해.'

'IMF'와 '국가부도'.

분명히 비슷한 작품이었다.

그런데 같은 작품이냐고 묻는다면, 같은 작품이 맞다고 확답하기가 애매했다.

'IMF'의 경우 IMF 구제 금융 사태가 발생한 후 대한민국 국민들이 처하게 될 비참한 상황에 포커스를 맞춘 반면, '국가부도'의 경우 IMF 구제 금융 사태가 발생하게 된 원인과 과정을 보여 주는 것에 포커스를 맞추었던 작품이기 때문이었다.

"서진우가… 'IMF'를 제작한 게 과연 우연일까?"

심대평이 꽤 오랫동안 답을 찾고 있는 질문.

그리고 이 질문에 대한 답을 찾는 것은 쉽지 않았다.

'텔 미 에브리씽'과 '국가부도'.

이 두 작품을 서진우가 미리 알고 있기 위해서는 한 가지 전제 조건이 필요했다.

바로 그가 회귀자여야 한다는 것이었다.

"그게… 가능할 리가 없잖아."

심대평이 고개를 가로저었다.

자신이 회귀를 했다는 사실을 받아들이는 데까지도 꽤 오랜 시간이 걸렸을 정도로 회귀를 한다는 것은 말도 안 되는 일이었다.

그런데 자신 외에 또 다른 회귀자가 있다는 사실?

당연히 더욱 받아들이기 힘들었다.

하지만 지금 서진우가 보이는 행보는 분명 회귀자와 닮아 있었다.

"일단은… 보류하자."

심대평이 결국 어떤 결론을 내리는 것을 보류했다.

"기다려 보면 확실히 알 수 있겠지."

'텔 미 에브리씽'과 'IMF'가 끝이 아니었다.

서진우는 앞으로도 계속 영화를 제작할 것이었다. 그리고 그가 제작하는 다음 영화를 보고 나면 어느 쪽인가에 대해서 확실히 결론을 내릴 수 있을 터.

이렇게 판단한 심대평이 손목시계를 살폈다. 그리고 약속 시간이 거의 다 됐다는 것을 확인하고 자리에서 일어섰다.

　약 20여 분 후.

　리온 엔터테인먼트 투자 팀 회의실에 도착해서 기다리고 있을 때, 회의실 문이 열리고 투자 팀장 박중배가 들어왔다.

　"심 대표님, 통화는 몇 번 했지만 직접 얼굴을 뵙는 건 처음이네요. 리온 엔터테인먼트 투자 팀장 박중배입니다."

　"평화 필름 대표를 맡고 있는 심대평입니다."

　'좋아 죽겠지.'

　자신과 악수를 나누고 있는 박중배 팀장의 표정이 무척 밝다는 것을 놓치지 않은 심대평이 속으로 생각했다.

　다른 영화 제작자들은 투자 심사 결과를 기다리며 바싹 애가 타리라.

　투배사에 투자 심사를 넣은 작품에 투자 부적격 판정이 내려질지도 모른다는 우려 때문이었다.

　그래서 리온 엔터테인먼트 투자 팀장 박중배의 말 한마디, 그리고 사소한 표정 변화에도 신경이 곤두설 수밖에 없었다.

　하지만 심대평은 다른 영화 제작자들과는 달랐다.

　'당연히 투자할 거야!'

　이런 확신을 갖고 있었기 때문이었다.

　이번에 평화 필름에서 프리 프로덕션을 마치고 리온 엔터테인먼트에 투자 심사를 넣은 작품은 '살인의 기억'.

한성 연쇄 살인 사건을 모티브로 제작한 '살인의 기억'은 아주 좋은 작품이었다.

육백만 명 가까이 관객을 동원했고, 국내외 유수의 영화제에서 작품성을 인정받으며 여러 차례 작품상 수상에 성공했던 것이 '살인의 기억'이 좋은 작품이란 증거.

'명색이 리온 엔터테인먼트 투자 팀장인데 '살인의 기억'이 흥행 가능성이 무척 높은 좋은 작품임을 알아보지 못 했을 리가 없다.'

심대평은 이렇게 확신하고 있었다.

'조금 늦어졌네.'

손을 뻗어서 악수를 나눈 후 다시 의자에 앉아서 박중배 팀장을 바라보던 심대평이 속으로 생각했다.

원래 자신과 박중배 팀장의 인연은 '텔 미 에브리씽' 때부터 시작됐어야 했다.

하지만 예상치 못했던 서진우라는 변수로 인해서 그 시기가 조금 늦춰졌다는 생각을 심대평이 하고 있을 때였다.

"혹시 강천욱 감독과 특별한 인연이 있습니까?"

박중배 팀장이 조심스럽게 물었다.

"개인적인 친분은 없습니다."

"그런데 왜 신인 감독인 강천욱에게 '살인의 기억' 연출을 맡기시려는 겁니까?"

"강천욱 감독이 만들었던 단편 영화를 좋게 봤기 때문입니다. 아직 신인 감독이지만 실력은 갖추었다고 판단했습니다."

심대평이 방금 꺼낸 대답은 거짓말.

'살인의 기억'의 연출을 신인 감독인 강천욱에게 맡겼던 이유는 달리 선택의 여지가 없어서였다.

또, 강천욱이 심대평이 기억하는 '살인의 기억'의 주연 배우 손형주와 친분이 깊다는 것도 이유 중 하나였고.

그때, 박중배 팀장이 다시 말했다.

"신인 감독이 작품의 연출을 맡는 것, 분명히 불안 요소입니다. 그러나 저는 '살인의 기억'의 시나리오를 무척 흥미롭게 읽었습니다. 그리고 아직 미해결 상태인 한성 연쇄 살인 사건을 모티브로 했다는 점도 화제가 되기에 충분하다고 생각합니다. 그래서 리온 엔터테인먼트에서 전액 투자를 하기로 결정했습니다."

'내 예상대로 됐군.'

심대평이 희미한 미소를 머금었다가, 이내 정색하며 입을 뗐다.

"한 가지 궁금한 게 있습니다."

"무엇입니까?"

"혹시 '우리 공공의 적'이란 제목의 작품이 투자 심사를 받기 위해서 리온 엔터테인먼트 측에 들어오지 않았습니까?"

"'우리 공공의 적'이요?"

"네."

"그건 왜 물으시는 겁니까?"

"제가 아는 지인이 준비하는 작품인데, 혹시 리온 엔터테인먼트에 투심을 넣었는가 궁금해서요."

잠시 기억을 더듬던 박중배가 대답했다.

"제 기억으로는 우리 회사 투심에는 들어온 적이 없습니다."

"그렇군요."

가볍게 고개를 끄덕인 심대평이 다시 입을 뗐다.

"하나만 더 물어봐도 될까요?"

"또 뭐가 궁금하신 겁니까?"

"유니버스 필름에서 어떤 작품을 준비하고 있는지 혹시 박 팀장님이 알고 계신 정보가 있습니까?"

심대평이 경계하며 주시하고 있다고 하더라도 유니버스 필름과 레볼루션 필름의 내부 상황까지 파악하는 것은 불가능했다.

그래서 박중배에게 던진 질문.

"특별히 준비하고 있는 작품은 없는 것 같습니다. 지금 이 자리에서 이유를 밝힐 순 없지만, 개인적인 이유로 유니버스 필름 이현주 대표에게 관심이 많습니다. 그래서 친분이 있는 다른 투배사 팀장들과 직원들에게도 유니버스 필름에서 작품의 투자 심사를 넣으면 꼭 연락해 달라고 부탁했습니다. 그런데 아직까지는 아무런 연락이 없었습니다."

'이 정도면 됐다!'

아직 메이저 투배사들에 투심조차 넣지 않았다는 것.

'텔 미 에브리씽'처럼 '살인의 기억'을 빼앗길 가능성은 없다는 뜻이었다.

그래서 심대평이 일단 안도하며 말했다.

"가능한 빨리 제작을 마치고 '살인의 기억'의 개봉을 서두를 생각입니다."

"작품의 개봉을 서두르는 특별한 이유가 있습니까?"

"'살인의 기억'이 한성 연쇄 살인 사건을 모티브로 한 작품이기 때문입니다."

"……?"

"만약 작품이 개봉하기 전에 한성 연쇄 살인 사건이 해결되면서 연쇄 살인범이 잡히면 영화에 대한 흥미가 반감되지 않겠습니까?"

"아, 제가 미처 거기까지는 생각을 못 했습니다. 심 대표님 말씀대로 최대한 개봉을 서둘러야겠네요."

무릎을 탁 치며 동의하고 있는 박중배 팀장을 바라보던 심대평이 속으로 코웃음을 쳤다.

'그럴 일은 절대 없습니다. 한성 연쇄 살인 사건의 진범은 앞으로도 10년 넘게 잡히지 않으니까요.'

*　　　　　*　　　　　*

감독 : 박도빈
주연 : 김상길, 이동민
제작 : 유니버스 필름, 레볼루션 필름
투자 및 배급 : Now&New

'끝까지 잡는다'의 최종 라인업을 살피던 이현주가 천천히 고개를 끄덕였다.

"마음에 걸리는 부분이 있긴 하지만… 이 정도로 만족하자."

그리고 이현주의 평가를 들은 내가 질문했다.

"어떤 점이 마음에 걸리시는 겁니까?"

"우선 주연 배우인 이동민이 마음에 걸려. 주연을 맡아서 작품을 끌어가는 건 이번이 처음이니까."

이현주의 지적대로였다.

지금까지 한 번도 주연을 맡았던 적이 없던 이동민을 처음으로 주연 배우로 캐스팅한 것은 분명 불안 요소였다.

'차선!'

하지만 달리 선택의 여지가 없었다.

원래 '살인의 기억'에 주연으로 출연했던 배우 손형주가 강천욱 감독과의 친분으로 인해 캐스팅하는 것이 불가능해진 상황.

난 손형주를 대신할 배우로 이동민을 선택했다.

그리고 지금까지 주로 조연으로만 출연하면서 주연을 맡은 경험이 한 차례도 없었던 이동민을 내가 주연으로 선택한 이유.

그가 훗날 대한민국을 대표하는 최고의 연기자 중 한 명이 된다는 사실을 알고 있어서였다.

'잠재력과 연기력을 갖추고 있지만 한참 저평가된 배우!'

내가 이동민이라는 배우에 대해서 내린 평가였다. 그리고 이동민이 '끝까지 잡는다'에서 본인이 갖고 있는 잠재력을 폭발시킬 거란 확신을 난 갖고 있었다.

"이동민 배우가 주연 경험은 없지만 연기는 잘합니다."

"그건 나도 알아. 조연으로 출연하는 작품마다 강렬한 인상을 심어 줬으니까. 그렇지만……."

"어차피 우리 영화가 스타파워에 의존하는 영화는 아니니까요."

"그렇긴 하지."

이현주가 마지못한 표정으로 고개를 끄덕이는 것을 확인한 내가 다시 물었다.

"마음에 걸리는 게 또 있습니까?"

"응, 하나 더 있어."

"그게 뭡니까?"

"신생 투배사가 배급을 맡는다는 점."

이현주에게서 대답이 돌아온 순간, 내가 쓴웃음을 머금

었다.

신인 감독에게 입봉 기회가 잘 주어지지 않는 가장 큰 이유.

영화 한 편을 제작해서 개봉하는 데 거액이 들기 때문이다.

적으면 수억, 많으면 수십억의 제작비를 쏟아부어야 하는데, 경험 없는 신인 감독에게 현장을 맡긴다면 어찌 불안하지 않을 수 있을까.

투배사도 마찬가지다.

모든 영화 제작자들이 메이저 투배사를 선호하는 이유는 자금력과 배급력이 입증이 됐기 때문이다.

그런데 '끝까지 잡는다'의 투자와 배급을 맡은 것은 신생 투배사인 Now&New.

이현주가 이렇게 불안해하는 것이 어쩌면 당연한 일이었다.

"내로라하는 기성 감독들도 신인 감독이었던 시절이 있었습니다. 그러니 한 번 믿어 보십시오."

"서 대표를 믿으란 뜻이야?"

"아니요."

"그럼 누굴 믿으란 거야?"

"한우택 대표를 믿어 보시죠."

"한우택 부팀장, 아니, 한우택 대표가 능력이 있다는 사실은 나도 아는데… 그래도 불안한 건 어쩔 수 없네."

이현주는 여전히 불안한 기색을 지우지 못했다. 그리고 그 불안감까지 싹 사라지게 만들 방법은 내게도 없다.

"이미 주사위는 던져진 상황입니다."

"다시 던질 수 있는 기회는 없겠지?"

'회귀하지 않는 이상은 없죠.'

내가 속으로 생각하며 고개를 끄덕였다.

"없습니다."

"오케이, 그럼 주어진 상황에서 최선을 다할게."

이현주의 장점 중 하나.

아쉬움이나 미련 따위를 빨리 털어 버리고, 주어진 상황에서 최선을 다한다는 점이었다.

내가 주도한 '끝까지 잡는다'의 프리 프로덕션 과정이 거의 끝난 상황이니, 이제부터는 이현주 대표가 나설 차례.

앞으로 최선을 다해서 좋은 영화를 제작하겠다는 각오를 밝히고 있는 이현주 대표에게 내가 물었다.

"참, 전에 제가 부탁한 것은 알아보셨습니까?"

"평화 필름?"

"네."

"누구 부탁인데 안 알아봤겠어? 당연히 알아봤지. 리온 엔터테인먼트에 '살인의 기억'이란 작품의 투심을 넣었고, 곧 결정이 날 예정인데 투자 팀 내부 분위기는 긍정적이래."

"그럼 리온 엔터테인먼트에서 '살인의 기억'의 투자와 배급을 맡는 게 거의 확정적인 상황이군요."

"그런 셈이지."

"잘하면 일타이피가 되겠네요."

내가 씨익 웃으며 말하자, 이현주가 흥미를 드러냈다.

"왜 일타이피가 될 수도 있다는 거야?"

"평화 필름과 리온 엔터테인먼트에 동시에 카운터펀치를 날릴 수 있는 기회이니까요."

"응? 무슨 소리야?"

"박중배 팀장, 싫어하시죠?"

박중배 팀장을 언급하자, 이현주의 눈빛이 금세 사납게 변했다.

"당연히 싫어하지. 우리 뒤통수를 때린 인간이니까."

'IMF'를 제작할 당시 박중배 팀장은 리온 엔터테인먼트에 가장 먼저 투심을 넣으면, 투자를 하겠다고 약속했었다.

그러나 그는 약속을 지키지 않았다.

그로 인해 'IMF'는 투자 유치에 어려움을 겪었고, 결국 독립 영화급 저예산 영화로 제작할 수밖에 없었다.

당시의 일을 이현주 대표는 잊지 않았고, 그때 약속을 헌신짝처럼 어겼던 박중배 팀장을 당연히 싫어한다고 대답했다.

"이 대표님이 박중배 팀장을 싫어하듯이 저는 평화 필름 심대평 대표가 싫습니다."

"응? 그냥 같은 천재과라서 경계하는 정도가 아니라 싫어하는 거야?"

"네."

"왜 싫어하는데?"

내가 심대평을 싫어하는 이유.

지난 생에 날 절망의 구렁텅이로 밀어 넣었던 장본인이어서였다.

그러나 이현주에게 그렇게 설명할 수는 없는 노릇.

해서 난 다른 대답을 꺼냈다.

"심대평 대표가 제 뒤통수를 친 적이 있거든요."

"그런 일이 있었어?"

"네. 어쨌든 이번 기회에 우리가 싫어하는 그 두 인간들을 한 방에 궁지로 몰아넣을 수 있습니다."

"무슨 수로?"

"그건 두고 보시면 알게 될 겁니다."

내가 확신에 찬 목소리로 덧붙였다.

"제가 꼭 그렇게 만들 겁니다. 그래서 이 대표님이 해 주셔야 할 일이 있습니다."

"내가 할 일이 뭔데?"

"제작 과정에서 '끝까지 잡는다' 시나리오 내용에 대한 보안을 각별히 신경 써 주십시오. 그리고 개봉 시기도 최대한 앞당겨 주십시오."

"서 대표가 원하는 개봉 시기가 있어?"

"네."

"그게 언제인데?"

그녀의 질문에 내가 대답했다.

"평화 필름 심대평 대표가 제작하고 리온 엔터테인먼트에서 투자와 배급을 맡은 '살인의 기억'의 개봉일보다 정확히 일주일 먼저 개봉하는 것이 제가 원하는 겁니다."

*   *   *

Now&New, 서가북스, SB컴퍼니.

명운 빌딩 2층에 입주한 세 곳의 업체였다.

'그동안 열심히 살았네.'

내가 지분을 보유하고 있는 세 업체가 명운 빌딩 2층에 모여 있는 것을 확인하고 나자, 새삼 회귀를 한 후에 열심히 살았다는 생각이 들었다.

그렇지만 아직 만족하기에는 한참 일렀다.

지금까지 내가 한 일은 밭에 씨앗을 뿌린 것이 전부.

이 씨앗이 잘 자라서 훌륭한 과실을 맺게 만들기 위해서는 앞으로 해야 할 일들이 태산처럼 많았다.

흐뭇하게 웃으며 서 있던 내가 세 곳의 업체들 가운데 가장 먼저 찾아간 곳은 SB컴퍼니였다.

후루룹.

SB컴퍼니 사무실로 들어선 날 가장 먼저 반긴 것은 라면 냄새였다.

한참 감지 않은 듯 머리는 떡이 졌고, 눈자위가 시뻘겋게 충혈된 백주민은 김치도 없이 컵라면을 흡입하고 있었다.

'같은 사람 맞아?'

작년 크리스마스이브에 이탈리안 레스토랑에서 정장을 입고 5만 원짜리 스테이크를 썰던 백주민의 모습과 녹색 추리닝을 입고 삼선 슬리퍼를 신은 채 컵라면을 먹고 있는 백주민의 모습.

전혀 다른 사람처럼 느껴질 정도였다.

'여기서 숙식을 해결하고 있나 보네.'

이불이 흐트러져 있는 간이침대를 확인하고 내가 짐작했을 때, 백주민이 제안했다.

"부대표님도 컵라면 하나 드시겠습니까?"

"아니요, 전 괜찮습니다."

퀴퀴한 냄새가 진동하고 있는 사무실에서 백주민과 마주 앉아 김치도 없이 컵라면을 같이 먹고 싶은 마음?

추호도 없었다.

그래서 단칼에 제안을 거절하고 내가 빈자리에 앉았다.

"면 불기 전에 마저 드시죠."

"네."

"사무실이 너무 좁지 않습니까?"

"이 정도면 대궐 수준입니다."

'하긴 사무실이 넓을 필요는 없지.'

백주민의 투자 업무는 대부분 컴퓨터 앞에 앉아서 진행됐다.

컴퓨터와 전화기만 있으면 업무를 보기에 충분한 것이었다.

"그동안 어떻게 지내셨습니까?"

내가 그간의 근황에 대해서 묻자, 백주민이 컵라면 국물을 한 모금 마신 후 대답했다.

"똑같이 지냈습니다."

"그렇군요."

"참, 그사이에 투자 수익이 좀 났습니다."

스윽.

티슈를 꺼내서 입 주위를 닦으며 백주민이 말했다.

"그거 듣던 중 반가운 소리인데요."

SB컴퍼니는 투자 배급사 Now&New에 50억, 서가북스에 10억을 투자했다

수익은 전혀 올리지 못하고 계속 투자만 하고 있는 상황.

그런데 백주민이 그사이에도 꾸준히 투자 수익을 거뒀다고 하니 어찌 반갑지 않을 수 있을까.

'그래도 많이 줄었겠지.'

비록 백주민이 투자 수익을 올렸다고 해도, 투자를 하기 이전에 비해서 SB컴퍼니 계좌의 잔고가 많이 줄었을 거라고 내가 예상했을 때였다.

"커피 한 잔 드시겠습니까?"

"주시죠."

"커피 타는 사이에 계좌 잔고를 확인해 보시죠."

탁, 탁, 타닷.

백주민이 노트북에 비밀번호를 입력하고 계좌를 열었다.

그가 믹스커피 두 잔을 타기 위해서 탕비실로 이동한 사이, 내가 노트북 화면을 살폈다.

−22,458,763.

'혹시… 잘못 봤나?'

내가 두 눈을 비비고 난 후 다시 노트북 화면을 바라보았다.

−22,458,763.

하지만 SB컴퍼니 계좌 잔고는 그대로였다.

"자, 드시죠."

그사이 백주민이 커피 알갱이가 둥둥 떠 있는 믹스커피가 담긴 종이컵을 들고 돌아와서 내게 내밀었다.

그런 백주민에게 내가 물었다.

"혹시… 단위가 바뀐 것은 아니죠?"

"네? 그럼요."

"그런데 왜 계좌 잔고가 늘어난 겁니까?"

"아까 말씀드렸지 않습니까? 그사이에 투자 수익을 거뒀다고."

백주민이 아까 투자 수익을 거뒀다고 말하긴 했었다.

그러나 투자 이전 기존 계좌 잔고보다 잔액이 더 늘었을 것이라고는 꿈에도 예상치 못했기에 깜짝 놀란 것이었다.

'이게 이렇게 담담하게 할 이야기야?'

내가 여전히 당황한 표정을 짓고 있을 때, 백주민이 말했다.

"일본의 소니에 투자를 했는데, 운 좋게 대박이 났습니다."

'소니?'

그 설명을 듣던 도중 내가 퍼뜩 떠올린 것.

플레이스테이션 1이었다.

그리고 내 예상이 맞았다.

"이번에 소니에서 개발한 플레이스테이션 1이 예상보다 훨씬 더 잘 만들었더라고요. 덕분에 투자 수익을 많이 거둘 수 있었습니다."

백주민이 대수롭지 않게 말했다.

'운이 좋았던 게 아냐.'

하지만 난 백주민의 말처럼 운이 좋았던 게 아님을 확신했다.

소니 사에서 플레이스테이션 1을 이 시점에 개발한다는 사

실을 알고 있었기에 미리 주식을 매입해서 거액의 수익을 거
둔 것이었다.

'진짜… 황금알을 낳는 거위 맞네.'

백주민을 향해 새삼스러운 시선을 던지던 내가 미간을 찌
푸렸다.

사무실 내부에 홀아비 냄새가 진동하고 있다는 것을 새삼
깨달았기 때문이었다.

서둘러 자리에서 일어난 내가 환기를 하기 위해서 창문을
열며 말했다.

"우선 직원을 한 명 뽑도록 하죠."

"직원… 이요?"

"네."

"딱히 직원이 필요하지는 않을 것 같은데요."

백주민은 그다지 내키지 않는다는 표정을 짓고 있었다.

그렇지만 난 뜻을 굽힐 생각이 없었다.

'이대로라면 사무실이 아니라 자취방이 될 확률이 높아.'

백주민이 사무실에서 숙식을 해결하기 시작하면서, 사무실
내부에는 벌써부터 홀아비 냄새가 진동하고 있었다.

게다가 간이침대에서 잠을 자고 컵라면으로 연명하는 생
활.

백주민의 건강을 해치기에 딱 좋았다.

그리고 내게는 황금알을 낳는 거위인 백주민의 건강을 책임

질 의무가 있었다.

"아니요. 직원은 꼭 필요합니다. 제가 믹스커피를 별로 안 좋아하거든요."

앞으로도 난 SB컴퍼니에 자주 들를 터.

홀아비 냄새가 진동하는 사무실에서 백주민이 타 주는 커피 알갱이가 둥둥 떠다니는 믹스커피를 마시고 싶지 않았다.

그래서 내가 단호한 목소리로 덧붙였다.

"직원은 제가 알아서 채용하겠습니다."

*   *   *

법무 법인 화룡.

신세연의 첫 직장이었다.

법무 법인 화룡은 국내에서 열 손가락 안에 들 정도로 규모가 큰 법률 회사.

그래서 신세연이 대학을 졸업하고 법무 법인 화룡에 입사했을 당시, 시골에 살고 계신 부모님은 무척 기뻐하셨다.

내심 능력 있고 돈 잘 버는 변호사들 중 한 명을 만나서 결혼하는 것도 바라셨고.

실제로 신세연도 입사를 하기 전에는 변호사들에 대한 일종의 환상을 품고 있었다.

드라마에 자주 등장하는 젊고 잘생긴 변호사들 중 한 명과

사랑에 빠져서 결혼하는 판타지를 꿈꿨는데.

판타지는 판타지일 뿐이었다.

신세연이 법무 법인 화룡에 입사해서 만나고 경험했던 변호사들은 기대했던 판타지와는 거리가 한참 멀었다.

비싼 차를 타고, 비싼 옷을 입는 것은 드라마 속 변호사들과 같았다.

하지만 그들은 천박하기 짝이 없었다.

권위 의식이 쩌는 데다가, 유부남임에도 불구하고 툭하면 성희롱에 가까운 발언을 하며 수작을 걸었다.

그런 그녀가 유일하게 좋아했던 변호사는 천태범이었다.

검사 생활을 그만둔 천태범이 법무 법인 화룡에서 근무했던 기간은 채 반년도 되지 않았다.

하지만 천태범은 신세연에게 깊은 인상을 남겼다.

권위 의식도 없었고, 신세연을 여자가 아닌 한 명의 사람으로 진심을 다해서 대해 주었기 때문이었다.

그래서 천태범이 법무 법인 화룡을 그만두었을 때, 신세연은 무척 아쉬웠다. 그리고 천태범이 그만두고 난 후, 신세연도 얼마 지나지 않아서 회사를 그만두었다.

'분명히 더 좋은 직장을 찾을 수 있을 거야.'

사직서를 내고 난 후, 법무 법인은 꼴도 보기 싫어서 비서 일을 시작했다.

중광 토건 전무 이사 전중수의 비서로 일하기 시작했지만,

신세연은 얼마 지나지 않아 그만두었다.

능력이 없어서 잘린 게 아니었다.

신세연이 먼저 사직서를 제출했다.

ㅡ오늘도 내 꿈 꿔.

ㅡ내일은 미니스커트 입고 출근해.

ㅡ3박 4일 일정으로 동남아에 골프 여행 가는 것 어때?

ㅡ오붓하게 둘이서 술 한잔할까?

수시로 문자를 보내는 것은 기본.

회사에서는 노골적인 시선을 던지고, 은근슬쩍 어깨에 손을 올리거나 의도적인 신체 접촉을 하는 경우도 다반사였다.

'참자, 참자, 참자!'

그럼에도 불구하고 어렵게 새로 구한 직장을 잃지 않기 위해서 꾹 참았던 신세연에게 돌아온 것은 더한 폭력이었다.

전중수가 능글맞게 웃으며 주름진 손으로 엉덩이를 꽉 움켜쥔 순간, 신세연의 인내심은 바닥났다.

그녀는 전중수를 성추행 혐의로 고소했다.

그렇지만 고소에 대한 결과는 참담했다.

한때 신세연이 근무했던 법무 법인 화룡의 파트너 변호사들이 대거 나서서 전중수의 변호를 맡았다.

그들의 활약 덕에 전중수는 검찰 조사 끝에 증거 불충분으로 무죄가 선고된 반면, 신세연은 무고 혐의로 벌금형을 선고받았으니까.

그게 다가 아니었다.

전중수가 손을 쓴 탓인지, 아니면 무고 혐의로 벌금형을 선고받은 탓인지는 몰라도 아무리 원서를 내도 서류 전형조차 통과하지 못했다.

유전무죄 무전유죄.

신세연이 얻은 것은 뼈저린 교훈뿐이었다.

그 일련의 과정을 겪으면서 신세연이 절망하고 있을 때, 천태범에게서 연락이 왔다. 그리고 그는 다짜고짜 면접을 보라고 제안했다.

*   *   *

"SB컴퍼니라."

이게 대체 얼마 만에 보는 면접인지 기억조차 나지 않았다.

최대한 단정한 옷을 입고 면접을 보기 위해서 찾아온 신세연이 크게 숨을 내쉰 후 벨을 눌렀다.

딩동, 딩동.

잠시 후, 머리에 떡이 진 녹색 추리닝 차림의 남자가 벌컥 문을 열었다.

"누구……?"

"면접 보러 왔습니다."

"면접… 이요?"

남자가 금시초문이란 표정을 짓고 있는 것을 확인하고 신세연이 당황했을 때였다.

"혹시 면접 보러 오신 신세연 씨인가요?"

등 뒤에서 남자 목소리가 들렸다.

"네, 제가 신세연입니다."

신세연이 고개를 돌리자, 청바지에 하얀색 면 티셔츠를 받쳐 입은 캐주얼한 복장 차림의 앳된 남자가 서 있었다.

"멀리까지 오시느라 고생하셨습니다. 안으로 들어가시죠."

남자가 앞장서서 사무실로 들어갔고, 신세연이 따라서 안으로 들어섰다가 본능적으로 미간을 찡그렸다.

'무슨 냄새가… 이렇게 지독해?'

사무실 안에 진동하는 퀴퀴한 냄새 때문이었다.

러닝 머신을 비롯한 최신형 운동 기구들이 사무실 한편에 놓여 있었지만, 운동 기구로서 본래 기능은 이미 오래전에 상실한 듯 보였다.

너저분한 옷가지들과 수건이 걸려 있었으니까.

또, 탁자 위에는 빈 컵라면 용기와 말라 비틀어져 있는 피자 조각들이 아무렇게나 흩어져 있었다.

'여긴… 대체 뭐 하는 회사야?'

사무실 내부를 살피던 신세연의 호기심이 커졌다.

그녀가 알고 있는 것은 SB컴퍼니라는 사명뿐이었다.

면접을 보러 찾아오기 전에 나름 준비를 하기 위해서 포털 사이트를 뒤져보았지만, SB컴퍼니에 대한 정보는 일절 찾을 수 없었기 때문이었다.

'다단계 사무실? 아니면, 사채 사무실?'

신세연의 상상력이 발휘됐다.

하지만 그녀는 이내 고개를 가로저었다.

다른 사람도 아닌 천태범이 자신에게 다단계 회사나 사채 사무실 취업 자리를 알아봐 줬을 가능성은 낮았기 때문이었다.

그사이, 앳된 남자는 어지럽던 탁자 위를 대충 치우고 난 후 자리를 권했다.

"신세연 씨, 이쪽에 앉으시죠."

"네? 네."

"바로 면접 시작하겠습니다."

"아, 네."

예고 없이 훅 시작되려고 하는 면접으로 인해 신세연이 자세를 고쳐 앉으며 긴장하고 있을 때였다.

"대표님, 질문하시죠."

앳된 남자가 녹색 추리닝을 입은 머리가 떡 진 남자를 바라보며 말했다.

'이 사람이… SB컴퍼니의 대표라고?'

막연하게나마 짐작하고 있었던 회사 대표 이사의 이미지와는 너무 달랐기에 신세연이 당황했을 때였다.

"질문 없는데요."

"네?"

"부대표님, 전 오늘 직원 면접이 있다는 사실도 모르고 있었습니다. 그런데 무슨 질문이 있겠습니까?"

'내게… 할 질문이 없다?'

신세연의 가슴이 철렁 내려앉았다.

SB컴퍼니의 대표 이사가 질문이 없다고 말하는 것.

꼭 면접 불합격 통보처럼 느껴져서였다.

그때, 앳된 남자가 말했다.

"당황하실 필요 없습니다. 제가 면접 담당자이니까요."

'아까 부대표라고 했지?'

캐주얼 복장의 남자를 바라보던 신세연의 두 눈이 또 한 번 당혹감으로 물들었다.

회사의 부대표를 맡기에는 외모가 너무 앳돼 보여서였다.

'아직 대학생이라고 해도 믿겠네.'

신세연이 속으로 생각할 때, 부대표가 질문했다.

"평소 인내심이 강한 편인가요?"

'왜 이런 질문을 하는 거지?'

부대표가 던진 첫 질문.

신세연을 당황케 만들기에 충분했다.

그런 그녀가 퍼뜩 떠올린 것.

전중수 전무의 비서로 일하던 시절이었다.

당시 기억이 떠오른 탓에 살짝 감정이 격해진 신세연이 공격적인 어투로 반문했다.

"왜 그런 질문을 하시는 거죠?"

"회사 생활이 좀, 아니, 많이 지루할 수도 있거든요."

그 질문에 대한 부대표의 대답을 들은 신세연이 제대로 말뜻을 이해하지 못하고 두 눈을 연신 껌벅일 때였다.

"아까 질문에 대한 답은 들은 걸로 하겠습니다."

"……?"

"홀아비 냄새가 진동하는 사무실에서 잘 버티고 계신 것, 인내심이 강한 편이라는 증거이니까요."

'다음엔 어떤 질문을 던질까?'

부대표가 던졌던 첫 질문.

신세연을 당혹스럽게 만들었었다.

그래서 그녀가 잔뜩 긴장하고 있을 때, 부대표가 불쑥 말했다.

"합격입니다."

"방금… 뭐라고 하셨어요?"

"면접에 합격했다고 했습니다."

부대표가 재차 면접에서 합격했다고 확인해 주었지만, 신세연은 믿기 어려웠다.

'왜… 내가 합격한 거지?'

제대로 이해가 가지 않는 상황 전개로 인해 신세연이 황당해하고 있을 때, 부대표가 다시 입을 뗐다.

"면접에 합격했으니 이제 연봉 협상을 해야겠네요."

'벌써?'

신세연이 재차 당황했을 때, 부대표가 연봉을 제시했다.

"제가 생각하고 있는 초봉은 5,000만 원입니다. 어떻습니까?"

"얼마라고… 하셨어요?"

"초봉 5,000만 원이라고 했습니다."

"너무… 많은데요."

무척 오래간만에 보는 면접이었기에 신세연도 아무 준비 없이 온 것은 아니었다.

면접에 합격할 경우를 가정해서 연봉 협상에 대해서도 생각해 왔던 기준점이 있었다.

신세연이 생각한 적정 연봉은 3,000만 원.

연봉 협상을 통해서 일이백만 원 정도 더 연봉을 높일 수 있지 않을까 하는 기대를 내심 갖고 있었는데.

SB컴퍼니의 부대표는 연봉 협상을 시작하자마자 바로 5,000만 원을 제시했다.

원래 연봉 협상은 밀고 당기기가 필요한 작업.

그리고 밀고 당기기를 잘하기 위해서는 속내를 감추는 것이 필수 조건이었는데, 신세연은 너무 놀란 나머지 부지불식간에 연봉 5,000만 원은 너무 많다는 속내를 드러내 버렸다.

'이미 엎질러진 우유!'

한 번 내뱉은 말을 주워 담을 수는 없는 노릇.

그래서 부대표가 기회를 놓치지 않고 연봉을 줄이기 위해서 재협상에 나서지 않을까 하는 우려를 하고 있었는데.

괜한 기우에 불과했다.

"다행히 만족하신 듯 보이네요. 원래 팀장급 직원은 초봉 오천만 원부터 시작하는 것이 회사 내규입니다."

일단 연봉 재협상이 없다는 것에 신세연이 안도했을 때였다.

"우리 회사에 내규도 있습니까?"

SB컴퍼니 대표가 금시초문이란 표정을 지은 채 물었다.

'회사 대표도 모르는 내규가 있을 수도 있나?'

신세연이 의문을 품었을 때, 부대표가 대답했다.

"방금 만들었습니다."

"팀장급 직원의 초봉은 5,000만 원부터 시작한다는 것 외에 다른 내규도 있습니까?"

"아직은 그것뿐입니다."

종잡을 수 없이 이어지는 두 사람의 대화에 귀를 기울이던 신세연이 다시 표정을 굳힌 채 질문했다.

"그럼 제가 팀장으로 채용되는 건가요?"

"네, 이쪽은 대표님, 나는 부대표, 그리고 신세연 씨는 팀장입니다."

"무슨 팀장인가요?"

"그건……."

청산유수 같던 부대표의 말문이 처음으로 막혔다.

그가 머리를 긁적이며 고민했다.

"보자, 경리 팀장은 좀 아닌 것 같고. 투자 팀장도 아닌 것 같고… 음, 그냥 총괄 팀장으로 하시죠."

졸지에 총괄 팀장이 된 신세연이 다시 질문했다.

"그럼 현재 SB컴퍼니의 직원이 저까지 포함해서 총 세 명인가요?"

"네. 맞습니다."

"앞으로 직원을 추가로 채용할 계획은 있으신가요?"

"직원 추가 채용 계획은… 당분간은 없습니다."

'그럼 총괄 팀장이란 직책이 대체 무슨 의미가 있는 거지?'

신세연이 이런 의문을 품었을 때, 부대표의 이야기가 이어졌다.

"이제 총괄 팀장이 해야 할 일에 대해서 알려 드리겠습니다."

"네? 네."

"출근은 오전 9시까지입니다. 퇴근은 오후 6시이고요."

"혹시 야근도 있나요?"

"야근 없습니다. 무조건 정시 출퇴근입니다. 그리고 총괄 팀장의 가장 중요한 업무는… 식사입니다."

"식사… 요?"

"네."

'나더러 회사에 출근해서 밥을 하라는 건가? 그럼 영양사나 식당에서 일하는 아주머니를 고용할 것이지 왜 날 고용한 거야?'

신세연이 재차 의문을 품었을 때, 부대표가 덧붙였다.

"점심 식사와 저녁 식사를 여기 있는 백주민 대표님과 함께 드셔야 합니다. 단, 인스턴트 음식은 절대 안 됩니다. 회사 근처 식당에서 먹어야 합니다."

'밥을 하라는 건 아니구나.'

한 가지 의문은 풀렸지만, 여전히 남은 의문이 여럿이었다.

"그게… 끝인가요?"

"네?"

"정말 대표님과 밥만 먹으면 되나요?"

"그렇습니다."

"대체 왜……?"

"대표님이 자꾸 컵라면으로 끼니를 때우시거든요. 이러다가 대표님 몸이 상할 것 같아서 신세연 씨에게 부탁하는 겁니다."

'그리 어려운 일도 아니잖아!'

직접 밥을 해서 갖다 바치는 것도 아니고, 식당에 찾아가서 대표인 백주민과 함께 식사를 하는 것은 어려운 일이 아니라고 판단한 신세연이 다시 질문했다.

"또 무슨 일을 하나요?"

"일단은… 그게 다입니다."

"네?"

"회사로 전화가 걸려 오면 받으시면 되는데 아마 전화가 거의 걸려 오지 않을 겁니다. 그리고 청소는 미화원 아주머니가 해 주시니까 신세연 씨가 특별히 할 일은 없습니다."

"……?"

"그래서 아까 제가 지루할 수도 있다고 말씀드렸던 겁니다."

'이게… 말이 돼?'

쫘악.

신세연이 몰래 허벅지를 꼬집어 보았다.

혹시 지금 꿈을 꾸고 있는 게 아닌가 하는 생각이 들어서였다.

'아프다!'

하지만 손으로 꼬집어 보았던 허벅지가 아프다는 것이 지금 상황이 꿈이 아니라는 증거였다.

'아침에 출근해서 대표와 함께 두 끼 식사만 하고 퇴근하는데 연봉 오천만 원을 받는다는 게 말이 되는 이야기야?'

신세연의 머릿속이 헝클어졌을 때, 부대표가 입을 뗐다.

"참, 하나 빠뜨린 게 있군요."

'그럼 그렇지.'

이게 업무의 전부일 리 없다고 신세연이 생각했을 때, 부대표가 총괄 팀장의 또 다른 업무에 대해서 부연했다.

"환기에 신경을 써 주셨으면 합니다."

"환기… 요?"

이것 역시 예상과 전혀 다른 업무.

"홀아비 냄새가 지독해서요."

그래서 신세연이 또 한 번 당황했을 때, 부대표가 덧붙였다.

그때, 면접 내내 침묵하고 있던 백주민이 볼멘소리로 말했다.

"무슨 냄새가 난다는 건데요? 난 모르겠는데."

'후각에 문제가 있나?'

사무실 안에 진동하는 퀴퀴한 냄새를 모르겠다는 백주민의 말을 듣고 신세연이 속으로 생각했을 때였다.

"그리고 꼭 끼니때마다 나가서 식사를 해야 합니까?"

"네."

"귀찮은데."

"이건 절대 양보할 수 없습니다."

"하아, 그럼 어쩔 수 없군요."

부대표와 진중한 표정으로 대화하던 백주민이 깊은 한숨을 내쉬며 수긍했다.

'이게 한숨씩이나 내쉴 일이야? 그리고 이렇게 진지한 표정으로 토론할 만한 일이야?'

신세연의 입장에서는 당최 이해가 가지 않는 상황투성이였다.

결국 호기심을 이기지 못한 그녀가 질문했다.

"도대체 SB컴퍼니는 무엇을 하는 회사입니까?"

부대표가 대답했다.

"그냥… 투자 회사입니다."

         *   *   *

다음 날 아침, 신세연은 출근 준비를 마치고 집을 나섰다.

면접을 본 지 하루가 지났지만, 아직 SB컴퍼니의 직원이 됐다는 실감이 나지 않았다.

'회사가 없어진 건 아닐까?'

출근하기 위해서 올라탄 버스에서 신세연이 한 생각이었다.

어쩌면 신기루처럼 SB컴퍼니라는 회사가 흔적도 없이 사라져 버렸을 수도 있다는 우려를 갖고 있었는데.

쓸데없는 걱정이었다.

SB컴퍼니는 그 장소에 그대로 있었다.

어제와 달라진 점이 있다면, 면접을 볼 당시 깨끗하던 사무실 한가운데 놓인 탁자 위에 빈 컵라면 용기가 놓여 있다는 것뿐이었다.

"아무도 출근 안 한 건가?"

신세연이 빈 책상 위에 가방을 올려놓고 팔을 걷어붙였다.

아닌 게 아니라 퀴퀴한 냄새가 사무실 내부에 진동하고 있었기에 우선 창문을 열어 환기부터 시켰다. 그리고 어질러진 탁자를 치우고 걸레질까지 마쳤음에도 출근한 지 30분밖에 지나지 않았다.

오도카니 빈 사무실에 앉아 있기를 한참.

신세연이 자리에서 일어났다. 그리고 근처 꽃집에 들러 백합 한 다발과 꽃병을 사서 사무실로 돌아왔다.

향이 강한 백합을 곳곳에 놓아두면 사무실에 배어 있는 퀴퀴한 냄새를 몰아낼 수 있을 거란 생각을 해서였다.

"꽃집에 다녀오셨나 보네요."

신세연이 사무실에 도착하자, 부대표가 출근해 있었다.

"부대표님, 나오셨어요?"

"네. 오늘은 특별히 나와 봤습니다."

'특별히?'

그 대답을 듣고서 신세연이 고개를 갸웃했을 때, 부대표가 덧붙였다.

"제가 평소에는 출근을 안 하거든요."

"네? 아, 네."

"실은 조금 걱정했습니다."

"······?"

"아까 회사에 도착했는데 신세연 씨의 모습이 보이지 않아서요. 그래서 혹시 어제 면접을 보고 난 후에 마음이 바뀌어서 출근하지 않으신 게 아닌가 하는 우려가 들었거든요."

"부대표님, 그럴 일은 절대 없을 겁니다."

회사 대표인 백주민과 끼니때마다 밥 같이 먹어 주고 연봉 5,000만 원을 받는 직장.

누구에게 말하더라도 절대 믿지 않을 정도로 좋은 직장, 아니, 꿈의 직장이나 마찬가지였다.

그런데 어찌 쉽게 포기할 수 있을까.

"다행이네요. 이제 안심이 좀 됩니다."

부대표가 싱긋 웃으며 지갑에서 명함을 꺼냈다.

"명함 받으세요. 생각해 보니 어제 명함을 안 드렸더라고요."

―SB컴퍼니 부대표 서진우.

'부대표님 성함이 서진우구나.'

명함을 받고 난 후 비로소 부대표의 이름을 알게 됐을 때였다.

"이것도 받으세요. 신세연 씨 명함입니다."

―SB컴퍼니 총괄 팀장 신세연.

명함을 건네받아서 바라보던 신세연의 손에 힘이 들어갔다.

명함에 적혀 있는 자신의 직함과 이름을 확인하고 나자, 진짜 재취업에 성공했다는 실감이 났기 때문이었다.

"명함이 마음에 드셨으면 좋겠습니다."

그때 서진우가 싱긋 웃으며 말했다.

'잘생겼구나.'

면접을 본 후 지금까지 워낙 경황도 없었고 계속 긴장 상태였다.

그래서 미처 알아채지 못하고 있었는데 SB 컴퍼나 부대표인 서진우는 키도 큰 편이었고 얼굴도 미남이었다.

그런 신세연이 퍼뜩 백주민을 떠올리고 물었다.

"그런데 대표님은 언제 출근하세요?"

"이미 출근했습니다."

"네?"

"밤 꼬박 새우고 지금 대표실에서 수면 중입니다. 그리고 아마 앞으로도 마찬가지일 겁니다. 식사 시간을 제외하면 대표님 얼굴을 보기는 힘들 겁니다. 주로 밤샘 작업을 하거든요."

"아, 무슨 뜻인지 알겠습니다."

'진짜… 심심하긴 하겠네.'

아까 부대표인 서진우는 특별한 경우에만 회사에 출근한다고 했다. 그리고 대표인 백주민은 밤샘 작업을 주로 하는 터라 낮에는 거의 대표실에 틀어박혀서 잠만 잔다고 했다.

그러니 출근해서 퇴근할 때까지는 거의 혼자서 사무실에서 시간을 보내야 한다는 뜻이었다.

"편하게 있으셔도 됩니다."

그때, 서진우가 다시 말했다.

"평소에 읽고 싶었던 책을 가지고 와서 읽으셔도 되고, 음악을 듣고 있어도 된다는 뜻입니다."

'정말… 꿈의 직장이 따로 없구나.'

신세연이 감동받았을 때, 서진우가 말했다.

"보자, 이제 슬슬 총괄 팀장의 주 업무를 시작할 때가 됐네요."

"주 업무라면… 아, 점심 식사 시간이 됐네요."

신세연이 말뜻을 이해한 순간, 서진우가 덧붙였다.

"식사 메뉴는 신세연 씨가 대표님과 상의해서 정하면 됩니다. 그런데 대표님은 보통 아무거나 먹자고 할 테니, 신세연 씨가 주도적으로 메뉴를 정하시면 됩니다. 단, 영양이 풍부한 메뉴를 골랐으면 합니다."

"네."

"그리고 식사 비용은 대표님이 계산할 테니 신세연 씨는 걱

정하지 않으셔도 됩니다. 대표님이 돈이 아주 많으니까 음식
값 따위는 신경 쓰지 말고 마음껏 메뉴를 고르세요."

"…알겠습니다."

"그럼 이제 대표님을 깨우러 가 볼까요?"

서진우가 대표실의 문을 벌컥 열고 들어갔다.

간이침대에 웅크리고 잠을 자던 백주민이 문이 열리는 소리
를 듣고 부스스한 얼굴로 일어났다.

"대표님, 식사하러 가시죠."

"벌써요?"

"어서 일어나시죠."

"귀찮은데 그냥 자장면 시켜 먹으면 안 될까요?"

"당연히 안 됩니다."

서진우가 단호하게 대답하자, 백주민이 한숨을 내쉬며 억지
로 몸을 일으켰다.

'두 분은 어떤 관계일까?'

직책은 백주민이 대표 이사였고, 서진우가 부대표였다.

그런데 신세연은 백주민이 서진우의 말을 고분고분 따른다
는 느낌을 받았다.

진짜 회사의 대표는 꼭 서진우처럼 느껴진달까.

"혹시 특별히 드시고 싶은 게 있습니까?"

"아무거나 먹어도 상관없습니다."

아까 서진우의 말처럼 백주민은 아무거나 먹어도 상관없다

고 대답했다.

내 말이 맞지 않았느냐는 듯 어깨를 으쓱한 서진우가 다시 입을 뗐다.

"보자, 신세연 씨는 출근 첫날이라 주변 식당을 잘 모를 테니 오늘 메뉴는 제가 정해도 괜찮겠죠?"

"네, 괜찮습니다."

"그럼 가시죠."

서진우가 앞장서서 사무실을 빠져나갔다.

고양이 세수를 하며 눈곱만 뗀 백주민이 녹색 추리닝 차림에 삼선 슬리퍼를 끌며 털레털레 뒤로 따라붙었고, 신세연이 가장 마지막에 따라붙었다.

약 십 분 후, 서진우가 들어선 곳은 '이화'라는 한우 전문점이었다.

'소고기국밥이나 냉면을 드시려는 건가?'

가게 앞에 점심 특선 메뉴로 소고기국밥과 냉면을 판매하고 있다는 안내 문구가 붙어 있는 것을 확인한 신세연이 추측했다.

'등심 1인분 가격이… 5만 원? 뭐가 이렇게 비싸?'

빈 탁자에 앉아서 무심코 메뉴판을 살피던 신세연이 비싼 가격을 확인하고 깜짝 놀랐을 때였다.

"소고기 좋아하세요?"

"네, 좋아는 합니다."

"다행이네요."

서진우는 메뉴판도 살피지 않고 종업원에게 주문했다.

"우선 등심 5인분 주세요."

'등심 5인분이면… 25만 원이잖아!'

회식을 하는 자리가 아니었다.

그냥 점심 식사를 하는 자리였다.

그런데 점심 식사로 20만 원이 훌쩍 넘는 식대를 지출하려는 것을 확인하고 신세연이 당황했을 때, 서진우가 웃으며 말했다.

"아까도 말씀드렸지만… 대표님이 돈이 많으니까 밥값은 신경 쓰지 않으셔도 됩니다. 그리고 참고로… 저도 돈이 꽤 많습니다."

                    *   *   *

한우 등심으로 배를 든든하게 채운 내가 다음으로 찾아간 곳은 투자 배급사 Now&New였다.

"한 대표님, 그동안 잘 지내……?"

별생각 없이 한우택에게 인사를 건네려던 내가 도중에 입을 다물었다.

마지막으로 만났을 때와 비교해 그의 얼굴이 많이 상했다는 것을 뒤늦게 확인해서였다.

"못 본 새 살이 많이 빠지셨네요."

내가 인사말을 정정하자, 한우택이 홀쭉해진 뺨을 손으로 어루만지며 대답했다.

"요새 이것저것 신경 쓸 게 많아서 살이 좀 빠졌나 봅니다."

"고민이 많으신가 보네요."

"고민이 없다고는 말씀 못 드리겠네요."

한우택이 쓰게 웃으며 대답하는 것을 들은 내가 물었다.

"가장 큰 고민이 무엇입니까?"

"직원입니다."

"……?"

"보시다시피 직원을 아직 못 구했습니다."

한우택의 능력이 아무리 뛰어나다고 해도, 혼자서 할 수 있는 일에는 한계가 있었다.

그가 수족처럼 부릴 수 있는 능력 있는 직원들이 꼭 필요했다.

"왜 직원을 아직 못 구하신 겁니까?"

"Now&New가 신생 투배사라서 불안한가 봅니다. 그래서 능력 있는 인재들이 아예 지원을 하질 않네요."

'역시 뭐든 시작은 어려워.'

리온 엔터테인먼트, 쇼라인 엔터테인먼트, 빅히트 엔터테인먼트.

대한민국 영화계를 장악한 세 곳의 메이저 투배사들이었다. 그리고 실력 있는 영화계 인재들은 모두 메이저 투배사에서 일하는 것을 선호했다.

일단 직장이 안정적인 데다가, 연봉도 센 편이어서였다.

그로 인해 신생 투배사인 Now&New에 지원하는 인재가 거의 없다는 것이 한우택의 말뜻이었다.

"그리고 제 탓도 있습니다. 기왕이면 능력 있는 직원을 채용하고 싶어서 깐깐하게 채용을 진행하는 것도 아직 직원을 구하지 못하고 있는 원인 중 하나입니다."

한우택이 한숨을 내쉬며 덧붙였다.

그 이야기를 들은 내가 잠시 해결책을 고민하다가 입을 뗐다.

"빅히트 엔터테인먼트 투자 팀 부팀장으로 근무하실 당시에 연봉이 얼마였습니까?"

"5,000만 원이 조금 안 됐습니다."

'짠 편이네.'

내가 속으로 생각하며 다시 물었다.

"그럼 평직원 연봉은 어느 정도입니까?"

"신입 사원의 경우 초봉이 3,000만 원 선이고, 호봉이 쌓이면 연봉이 서서히 오르는 구조였습니다."

"리온 엔터테인먼트와 쇼라인 엔터테인먼트도 비슷한 수준입니까?"

"대동소이한 것으로 알고 있습니다."

"그렇군요."

내가 고개를 끄덕인 후 다시 입을 뗐다.

"이렇게 하시죠."

"어떻게 말입니까?"

"채용 공고를 낼 때 신입 사원 초봉은 4,000만 원, 팀장급 사원은 6,000만 원으로 연봉을 지급한다는 조건을 제시하시죠."

"네?"

"연봉을 많이 준다고 하면 지원을 망설이고 있는 우수한 인재들이 Now&New로 찾아올 것 같다는 생각이 들어서요."

월급 몇만 원 차이에도 민감한 것이 직장인들이다.

그런데 비슷한 일을 하는 타 업체보다 연봉을 1,000만 원 이상 더 준다고 하면, 이직에 대한 욕구가 불붙는 것은 당연한 일이다.

물론 문제는 있다.

직원 연봉을 높게 책정한 만큼, 사측에서 부담해야 할 인건비가 상승한다는 점이다. 그리고 한우택은 그 점을 잘 알고 있기에 바로 반대 의사를 피력했다.

"너무 과합니다."

"이러면 곤란한데요."

"네?"

"아직 끝이 아니거든요."

"······?"

"일 년에 한 번씩 전 직원들이 함께 해외여행을 할 수 있도록 비용도 지원할 생각이거든요."

내 이야기를 들은 한우택은 황당하단 표정을 짓고 있었다.

"농담··· 이시죠?"

"농담 아닌데요."

'당신이 그 정책을 시행했던 장본인이잖아!'

*   *   *

"어떤 영화에 투자를 하는 것이 맞는 걸까? 이 질문에 대한 정답은 없습니다. 다만 급변하고 있는 관객들의 트렌드를 따라잡기 위해서 부단히 노력하는 것이 가장 중요하다고 생각합니다. 그래서 조직의 탄력성이 중요하다고 판단해서 유연하면서도 도전적인 기업 문화를 정착시키기 위해서 주력하고 있습니다. 직원들이 편하게 일할 수 있는 일터가 되어야만 소통이 원활해지고, 소통을 활발하게 하기 위해서 저는 회사 전 직원들과 함께 일 년에 한 차례씩 해외여행을 갑니다. 물론 비용은 전부 회사가 지불하죠."

지난 생의 내가 기억하는 한우택의 인터뷰 내용이다.

이런 한우택의 노력 덕분일까.

투자 배급사 Now&New의 가장 큰 장점으로는 끈끈한 팀워크가 꼽혔었고.

"한 대표님."

"말씀하시죠."

"분명히 과하다고 생각하실 수도 있습니다. 그런데… 이 방법 외에 다른 좋은 방법이 있습니까?"

한우택의 말문이 막혔다.

그 순간을 놓치지 않고 내가 다시 말했다.

"후발 주자는 선발 주자와는 차별화 요소가 있어야 한다고 생각합니다. 그래서 직원 임금과 복지에서 차별화 요소를 주려는 겁니다."

"무슨 뜻인지는 저도 알겠습니다. 서진우 씨의 이야기가 옳다는 것도 알고 있고요. 하지만 현실적인 문제를 감안하지 않을 수 없습니다."

"현실적인 문제는 투자한 영화가 흥행에 성공하면 해결되고도 남습니다."

"그건 그렇지만……."

"저를 믿고 시작한 것, 아니었습니까?"

"…후우, 알겠습니다."

한우택이 마지못해 대답했다.

그런 그의 얼굴에 여전히 불안한 기색이 남아 있다는 것을 확인한 내가 덧붙였다.

"너무 걱정하지 마세요. 믿는 구석이 있으니까요."

"믿는 구석이요? 그게 대체 뭡니까?"

"제 안목, 그리고… 황금알을 낳는 거위를 믿습니다."

        *   *   *

내가 마지막으로 찾아간 것은 서가북스였다.

현재 서가북스의 직원은 총 두 명.

대표 이사인 아버지와 편집 팀장 황만규였다.

사무실 문을 열고 들어갔을 때, 아버지와 황만규는 탁자를 사이에 두고 마주 앉아서 대화를 나누고 있었다.

'왜 표정이 별로 안 좋으시지?'

난 무려 두 번씩이나 아버지의 아들로 살고 있다.

그런데 아버지의 표정이 평소보다 어둡다는 사실을 알아채지 못할 리가 없다.

서가북스는 이제 막 스타트를 끊은 상황.

벌써 걱정할 만한 일이 없을 텐데, 라는 생각을 하며 내가 물었다.

"아버지, 무슨 일 있으세요?"

"황 팀장과 대화를 하다 보니까 좀 걱정이 되는구나."

"무슨 얘기를 하셨는데요?"

내 질문에 대답한 것은 황만규였다.

"대표님께 현재 만화계의 전반적인 상황에 대해서 말씀드렸습니다."

그리고 황만규의 말이 끝나자 아버지가 덧붙였다.

"만화계의 현 상황이 단군 이래 최악의 상황이라고 하는구나. 그런데 이렇게 어려운 시기에 덜컥 서가북스를 창업했으니 걱정이 안 될 수가 없지 않느냐?"

'그래서 표정이 어두우셨던 거였구나.'

비로소 상황을 파악한 내가 비어 있던 아버지의 옆자리에 앉으며 생각했다.

'아주 틀린 이야기는 아냐!'

황만규의 표현처럼 현재 대한민국 만화계가 처해 있는 상황은 좋지 않았다. 그리고 문제는 시간이 흐른다고 해서 어려운 만화계의 상황이 나아지지 않는다는 점이었다.

오히려 상황이 더 악화됐다.

'청소년 보호를 위한 유해 매체물 규제에 대한 법률안 발의!'

임기 말 레임덕 현상을 겪고 있는 이영삼 대통령은 표심을 잡기 위해서 어린이와 청소년 교육에 관한 문제를 거론한다. 그리고 학교 폭력 문제를 단속한다는 명분으로 만화와 게임을 비롯한 문화 매체 전반에 대해서 청소년 보호를 위한 유해 매체물 규제에 대한 법률안을 발의한다.

일명 '청보법'.

그리고 '청보법'이 발의되면서 대한민국 만화계는 회생이 불가능할 정도로 치명적인 타격을 입는다.

'매출액이 80%가량 급감했었지.'

아까 황만규는 현재 대한민국 만화계가 단군 이래 최악의 상황에 처해 있다고 말했다.

그런데 머잖아 '청보법'이 발의되면 매출이 지금보다 80%가량 급감하니, 만화계가 얼마나 어려운 상황에 처하게 되는가는 굳이 더 설명할 필요도 없었다.

하지만 하늘이 무너져도 솟아날 구멍은 있는 법이었다.

'한쪽을 누르면 다른 한쪽은 튀어 오르는 법이니까!'

회귀자라서 미래 지식을 알고 있다는 것은 경쟁에서 여러모로 유리하다.

100미터 달리기로 비유하면 경쟁자들보다 50미터 정도 앞선 지점에서 스타트를 끊는 셈이나 마찬가지다.

난 머잖아 '청보법'이 발의될 것을 이미 알고 있다.

그리고 이 정보를 알고 있기에 이미 활용했다.

END ONE에서 출시할 첫 게임을 '카트 라이더스'로 선택한 것.

바로 이 정보를 활용한 결정이었다.

다른 게임들이 사행성을 조장하고 폭력적이고 자극적이라

는 이유로 '청보법'의 직격탄을 맞을 때, 레이싱 게임인 '카트라이더스'는 서슬 퍼런 '청보법'의 칼날을 비켜 갈 수 있었다는 사실을 잘 알고 있었기 때문에 내렸던 결정.

그 정보를 난 서가북스에서도 활용할 생각이다.

Chapter. 2

"이렇게 어려운 상황일수록 회사의 방향성을 명확하게 가져
가는 게 좋을 것 같습니다."

내가 운을 떼자, 황만규가 흥미를 드러냈다.

"무슨 말씀이십니까?"

"서가북스가 왜 한미선 작가와 1호 계약을 맺었는지 아십
니까? 한미선 작가의 작품이었던 '생쥐의 모험'의 타깃층이 유
아들이었기 때문입니다."

"……?"

"서가북스에서 앞으로 출판할 작품들은 타깃 공략층을 유
아 및 미취학 아동들로 잡을 겁니다."

내가 서가북스가 앞으로 나아가게 될 방향성을 제시했을 때, 황만규가 아까부터 내가 펜으로 끼적이던 것에 관심을 드러냈다.

"그런데… 그 오리는 뭡니까?".

'오리 아니거든요.'

내가 나름대로 정성껏 그린 캐릭터를 오리라고 오해하고 있는 황만규로 인해 살짝 빈정이 상한다.

'내가 그림을 못 그려서일 수도 있지.'

그러나 이내 고개를 흔든다.

나름 신경을 써서 끼적였음에도 불구하고, 종이 위에 그려진 캐릭터의 정체성이 내가 봐도 모호했기 때문이었다.

"이거 오리 아닙니다."

"오리가… 아니라고요?"

"네."

"그럼… 닭입니까?"

또 한 번 헛다리를 짚고 있는 황만규에게 내가 대답했다.

"이거 펭귄입니다."

*   *   *

연예 기획사 스타파워 대표실.

소파 상석에 앉은 이민호가 금방이라도 눈물이 터져 나올 것 같은 표정을 짓고 있는 장소연에게 물었다.

"결정했어?"

"대표님, 저 몸 팔아서 스타 되고 싶은 것 아니에요."

"나도 알아."

"그러니까 스폰서 제안 말고 작품에 출연할 수 있는 기회를 주세요."

"나도 그러고 싶어. 그런데… 너한테 작품이 안 들어와. 그래서 널 위하는 마음으로 방법을 바꾸려는 거고."

잘근잘근 입술을 깨물고 있는 장소연을 바라보던 이민호가 자세를 고쳐 앉으며 은근한 목소리로 말했다.

"등산 안 해 봤지? 등산을 하다 보면 길이 하나만 있는 게 아냐. 여러 갈래의 길을 통해서 산 정상에 오를 수 있는 거지. 인생도 마찬가지야. 성공을 향하는 길이란 건 하나만 있는 게 아냐. 여러 갈래의 길이 있고, 어느 길을 선택하든 간에 성공이라는 목표 지점에 빨리 도착하는 게 가장 중요한 것 아니겠어?"

"……?"

"조연으로 깨작깨작 여러 작품에 출연해 봐야 어차피 사람들은 널 기억하지도 못해. 이미 경험해 봐서 알고 있잖아? 그래서 이번 기회에 확실하게 네 얼굴을 대중들에게 각인시키려는 거고."

"어떻… 게요?"

"동화건설이라고 들어 본 적 있지?"

"네, 들어 봤어요."

"동화건설 메인 광고 모델이 돼서 TV에 등장하면, 대중들에게 널 각인시킬 수 있지 않겠어?"

장소연이 번쩍 고개를 들며 물었다.

"제가 동화건설 메인 광고 모델로 발탁되는 게… 정말 가능한가요?"

"소연아, 내가 언제 없는 말 한 적 있어?"

이민호가 은테 안경을 손으로 추켜올리며 묻자, 장소연이 고개를 흔들었다.

"아니요."

"내가 약속해."

"정말이요?"

"그러기 위해서는 내가 너한테 한 제안을 수용해야 해."

장소연은 평소 성격이 우유부단한 편이었다.

그래서 스폰서 제안을 받은 후 선뜻 결정을 내리지 못하고 계속 망설이고 있었다. 그리고 이민호는 장소연을 다루는 법을 이미 알고 있었다.

"수요와 공급의 법칙이란 게 있어."

"수요와 공급이 법칙이요?"

"수요가 늘면 가격이 올라가고, 공급이 늘면 가격이 하락하는 걸 의미하는 건데… 내가 너한테 했던 제안을 노리고 있는 애들이 아주 많아."

"네?"

"동화건설 메인 광고 모델이 되고 싶어 하는 경쟁자들이 많다고. 빨리 결정하지 못하고 이렇게 계속 망설이다가는 아주 좋은 기회를 놓치게 될 수도 있다는 뜻이야. 만약 이 기회를 놓치고 나면, 두 번 다시 이렇게 좋은 기회는 찾아오지 않을 가능성이 높아."

"저는… 저는……."

"기회는 왔을 때 붙잡아야 해."

"…할 게요."

"잘 생각했다."

장소연이 마침내 결정을 내린 순간, 이민호가 그녀의 어깨를 두드리며 물었다.

"저녁에 시간 괜찮지?"

"네? 네."

"같이 밥 먹자. 자세한 이야기는 밥 먹으면서 하자."

"알겠습니다."

장소연이 고개를 숙이고 대표실을 나가기 전에 몸을 돌렸다.

"대표님, 감사합니다."

"어려운 결정을 해 줘서 오히려 내가 고맙다."

'멍청한 년!'

지가 속는다는 것도 모르고 고맙다고 감사 인사를 하는 장소연을 속으로 욕한 이민호가 다시 소파에 앉았다.

"일단 하나는 해결했고."

소파에 등을 깊숙이 묻은 이민호가 막 다리를 꼬았을 때였다.

똑똑.

노크 소리가 들려왔다.

"들어와."

잠시 후 문이 열리고 대표실 안으로 들어서는 주태준을 확인한 이민호가 천천히 자리에서 일어났다.

"주 실장님, 오래 기다리게 해서 죄송합니다. 아시다시피 소연이가 워낙 우유부단한 성격이라서요."

"괜찮습니다."

"어서 앉으시죠. 차는 뭘로 하시겠습니까?"

"차는 괜찮습니다."

주태준의 나이는 삼십 대 후반.

은행원처럼 반듯하고 젠틀한 외모의 소유자였다.

하지만 이민호는 주태준이 젠틀한 외모 뒤에 숨기고 있는 무서운 본성에 대해서 아주 잘 알고 있었다.

"요새 애들 구하기 힘드시죠?"

이민호가 다짜고짜 묻자, 주태준의 눈썹이 꿈틀거렸다.

그런 그를 향해 이민호가 덧붙였다.

"혹시 수요와 공급의 법칙이라고 들어 보셨습니까?"

"갑자기 그 이야기는 왜 하시는 겁니까?"

"골든키 스튜디오 정종수 대표가 구속되고 난 후에 주 실장님이 애들을 수급하는 데 어려움을 겪고 있다는 소문은 저도 들어서 알고 있습니다. 그래서 주 실장님이 곤란한 상황에 처했다는 것도요."

"……."

"제가 문제의 해결책을 알려 드릴까요?"

"말씀해 보시죠."

"공급처를 늘리면 자연스레 해결되는 문제입니다. '블루윈드'가 동참하면 주 실장님이 지금 하고 계시는 고민은 금세 해결될 수 있죠."

이민호가 해결책을 알려주었음에도 불구하고, 주태준의 표정은 밝아지지 않았다.

"신대섭 대표는 고집이 센 편입니다."

그리고 주태준은 신대섭이 자신의 뜻대로 움직이지 않는다는 불평을 토로했다.

그 불평을 들은 이민호가 웃으며 말했다.

"신대섭 대표의 자존심이 강하다는 것은 저도 알고 있습니다. 그런데 그 자존심 말입니다. '블루윈드'가 지금 잘나가고 있기 때문에 세울 수 있는 것 아니겠습니까?"

"……."

"만약 '블루윈드'가 커다란 악재를 만나서 어려움에 처해도 신대섭 대표가 지금처럼 계속 자존심을 세울 수 있을까요?"

주태준이 자세를 고쳐 앉으며 물었다.

"진짜 하고 싶은 말씀이 무엇입니까?"

"신대섭 대표의 자존심과 고집을 꺾어 놓고 싶습니다."

"이유는요?"

"기분이 더러워서요."

"……?"

"꼭 신대섭 대표는 착한 놈, 저는 나쁜 놈처럼 느껴지거든요. 그리고… '블루윈드'가 곤경에 처하면 '스타파워'가 지금보다 훨씬 더 성장할 수 있을 것 같아서요. 당연히 주 실장님도 지금보다 일하기 분명 편해지실 겁니다. 이런 걸 누이 좋고 매부 좋다고 표현하는 것 아니겠습니까?"

주태준이 팔짱을 낀 채 잠시 고민한 후 입을 뗐다.

"신대섭 대표의 자존심을 꺾을 수 있는 방법은 있습니까?"

"구설수입니다. 연예인은 이미지로 먹고사는데, 구설수에 오르내리게 되면 치명적이지 않겠습니까?"

주태준은 계속 얘기해 보라며 입을 다문 채 기다리고 있었다.

"연예인이 구설수에 올랐을 경우, 대중들은 연예인이 왜 구설수에 오르게 됐느냐 하는 과정은 중요치 않게 생각합니다. 그 연예인이 구설수에 올랐다는 것에만 관심이 있죠. 저는 '블루윈드' 소속 배우들이 구설수에 오르내리게 만들 계획입니다."

"제게 바라시는 것은요?"

"제가 '블루윈드' 소속 배우들이 구설수에 오를 방법을 알려 드릴 테니, 주 실장님은 실행에 옮겨 주시면 됩니다."

'절대 이 제안을 거절하지 못할 거야.'

이민호가 확신을 갖고 있을 때, 주태준이 입을 뗐다.

"그렇게 하시죠. 저도 신대섭 대표가 마음에 안 들었거든요."

주태준에게서 예상하고 있던 대답이 돌아온 순간, 이민호가 한쪽 입꼬리를 말아 올리며 차갑게 두 눈을 빛냈다.

$$*\qquad\qquad*\qquad\qquad*$$

서가북스, Now&New, SB컴퍼니까지.

내가 관여하는 회사가 한꺼번에 셋이나 늘었다.

당연히 신경 쓸 것이 늘어났고, 난 그만큼 바빠졌다.

그사이에도 시간은 빠르게 흘렀다.

겨울방학이 끝나고 개강을 한 지 약 한 달가량 흘렀을 때, 신대섭에게서 전화가 걸려 왔다.

"신 대표님, 오랜만입니다."

학교 벤치에 앉아서 햇볕을 쬐고 있던 도중에 반갑게 전화를 받았지만, 신대섭의 목소리에는 서운함이 묻어났다.

"서진우 씨, 너무하신 것 아닙니까?"

"네?"

"'블루윈드' 최대 지분 보유자이신데 너무 회사에 관심이 없으신 것 아닙니까?"

'쩝, 그동안 너무 무심하긴 했네.'

난 '블루윈드' 대표인 신대섭에 대한 믿음을 갖고 있었다.

그래서 그동안 그의 일 처리를 믿고 연락 한 번 하지 않았던 것이었다.

그리고 신대섭은 내 믿음에 부응했다.

이강희는 여전히 톱 배우로 승승장구하고 있었고, 신인 배우들도 서서히 인지도가 쌓이고 있었으니까.

어쨌든 내가 오랫동안 '블루윈드'에 신경 쓰지 않았던 것은 사실이었기에 먼저 사과부터 했다.

"죄송합니다. 그동안 좀 바빴습니다. 별일 없으시죠?"

"다행히 큰일은 없습니다. 그런데……."

"그런데 뭡니까?"

"강희가 서진우 씨를 보고 싶어 합니다."

"이강희 씨가요?"

"네, 강희만이 아닙니다. 우상이를 비롯한 '블루윈드' 식구들이 서진우 씨를 만나고 싶어 합니다."

"일간 시간을 내서 한번 찾아가겠습니다."

내가 곧 찾아가겠다고 약속했지만, 신대섭의 반응은 시큰둥했다.

"못 믿겠습니다."

"네?"

"지난번에도 곧 시간을 내서 찾아오겠다고 말씀하셨지만, 그 약속을 지키지 않으셨으니까요."

'내가 그런 약속을 했었나?'

기억이 떠오르지 않아서 머리를 긁적일 때, 신대섭이 다시 말했다.

"혹시 내일 시간 괜찮으십니까?"

"뭐, 딱히 특별한 일은 없습니다."

"잘됐네요. 실은 내일 회사 식구들과 함께 워크숍을 가기로 했습니다. 서진우 씨도 워크숍에 참석해서 자리를 좀 빛내 주시죠. 그리고……"

"그리고 뭡니까?"

"자파구리도 만들어 주시면 더 좋고요."

'이게… 진짜 본론 아냐?'

신대섭과 통화하던 내가 픽 하고 실소를 터뜨렸다.

그 역시 우리 집에서 내가 만들어 주었던 자파구리를 먹은 적이 있었다. 그리고 그 맛을 잊지 못해서 날 자파구리 요리사로 워크숍에 초대하려는 속셈이 아닌가 하는 생각이 들었다.

'진짜 내가 보고 싶은 게 아니라 자파구리를 먹고 싶은 것 같은데.'

거기까지 생각이 미친 순간, 살짝 서운한 마음이 들었다.

그렇지만 난 내색하지 않고 대답했다.

"알겠습니다. 시간과 장소만 알려 주시면 찾아가겠습니다."

통화를 마치자마자, 신대섭에게서 문자가 도착했다.

"등산을 하려는구나."

장소가 북한산인 걸 보니 말이 워크숍이지 그냥 등산이란 생각이 들었다. 그리고 등산을 마친 후에 식당을 예약해서 뒤풀이를 할 계획이라는 설명도 덧붙어 있었다.

"신대섭 씨도… 꼰대네."

직원들이 가장 싫어하는 상사가 휴일에 등산을 가자고 제안하는 상사라는 신문 기사를 읽었던 것이 떠올라서 내가 픽 웃으며 덧붙였다.

"그래도 간만에 등산을 하는 건 나쁘지 않겠네."

원래 내 계획은 '블루윈드' 배우들과 함께 북한산을 등반하는 것이었다.

하지만 손진경에게서 걸려 온 전화로 인해서 난 계획을 변경할 수밖에 없었다.

*   *   *

손진경과 만나기로 한 약속 장소는 청담동 카페였다.

2층 테라스 탁자 쪽에 앉아 있는 손진경의 표정은 무척 심란해 보였다.

"손 대표님, 무슨 일 있습니까?"

골몰히 생각에 잠겨 있던 터라 지척까지 다가갔음에도 알아채지 못하고 있던 손진경은 내가 질문하고 난 후에야 고개를 돌렸다.

"서 이사, 언제 왔어?"

"방금 왔습니다."

"어서 앉아."

"네."

"그런데 아까 뭐라고 했어?"

"무슨 일 있으시냐고 물었습니다."

"별일 아냐."

"별일 아닌 게 아닌 것 같은데요?"

"역시 서 이사는 못 속이겠네."

내 추궁에 쓸쓸한 미소를 머금고 있던 손진경이 불쑥 물었다.

"혹시 자파구리 레시피 알려 줄 수 있어?"

'또… 자파구리야?'

신대섭에 이어서 손진경도 자파구리 이야기를 꺼내고 있었다.

'자파구리 맛이 어지간히 인상적이었긴 했나 보네.'

내가 속으로 생각하며 질문했다.

"자파구리 레시피가 그렇게 탐이 나십니까?"

"응. 자파구리 만들어서 팔면 굶어 죽지는 않을 것 같아서."

"그럼 알려 드리겠습니다."

"정말이야?"

"네."

"역시 서 이사는 날 각별하게 생각하는구나."

내가 자파구리 레시피를 순순히 알려 주겠다고 대답하자, 손진경은 기쁜 기색을 감추지 않고 드러냈다.

하지만 그도 잠시, 그녀는 다시 어두운 표정으로 말했다.

"사실은 우리 집이 곧 망할 것 같아."

"네?"

"동화건설이 부도 위기거든."

'동화건설이면… 손진수가 대표를 맡고 있다고 했지.'

신은하에게서 간략하게 설명을 들었기에 손진경의 친오빠인 손진수가 동화건설을 맡아서 경영하고 있다는 것을 난 기억하고 있었다.

그때, 손진경의 이야기가 이어졌다.

"아버지는 동화건설을 살리고 싶어 하셔. 그래서 동화백화점을 매각해서 자금을 마련했으면 하시고."

"그래서요?"

"응?"

"손 대표님은 어떻게 하실 생각이십니까?"

"아직 고민 중이야. 그런데… 동화백화점을 매각해서 동화 건설 부도를 막는 쪽으로 마음이 살짝 기울어진 상태야."

손진경이 찻잔을 손으로 매만지며 대답했다.

그런 그녀에게 내가 다시 질문했다.

"동화백화점을 매각하면서까지 동화건설을 살리려는 이유 가 무엇입니까? 혹시 동화건설 손진수 대표가 친오빠이기 때 문입니까?"

"응. 우리 오빠 무능하거든. 그래서 굶어 죽을까 봐 걱정이 되긴 해."

손진경이 진지한 표정으로 대답했다.

하지만 난 코웃음을 쳤다.

대한민국 부자는 망해도 삼대가 떵떵거리며 산다는 사실을 잘 알고 있어서였다.

"그럼 오히려 반대가 돼야 하는 것 아닙니까?"

"무슨 뜻이야?"

"부실 계열사인 데다가 오너도 무능한 동화건설은 버리고, 알짜 계열사인 데다가 오너가 유능한 동화백화점을 살려야 하는 게 맞는 것 같다는 말씀입니다."

"서 이사, 말이라도 고마워."

"네?"

"날 유능한 오너라고 평가해 줘서."

손진경이 처음으로 웃은 후 덧붙였다.

"그런데 아버지 생각은 다르시네."

'손태백 회장의 뜻이로구나.'

동화백화점을 매각해서 부도 위기에 처한 동화건설을 구하는 것.

동화그룹 손태백 회장의 뜻이란 의미였다.

그 사실을 알고 난 후, 난 더 말하는 대신 입을 다물었다.

남의 집 가정사에 배 놔라 감 놔라 할 수는 없는 노릇이었으니까.

'이제… 어떻게 되는 거지?'

그럼에도 불구하고 계속 신경이 쓰이는 것.

내가 손진경 대표와 동업을 하는 관계였기 때문이었다.

'가만… 좀 이상한데.'

아이스커피를 한 모금 마신 내가 고개를 갸웃했다.

일전에 신은하와 나눈 대화가 퍼뜩 떠올랐기 때문이었다.

신은하 역시 회귀자.

그리고 그녀는 손진경의 능력을 높이 평가했다.

또, 손진경이 머잖아 동화그룹에서 계열사 몇 개를 분리해서 JK그룹을 세울 계획이란 것도 알려 주었었고.

'JK백화점은 2020년에서 성업 중이었어. 그럼… 뭘까?'

가장 먼저 떠오르는 가정.

손진경이 아버지 손태백의 뜻을 거스르고 동화백화점을 이끌고 동화그룹을 빠져나가서 JK백화점으로 사명을 바꾸는 것이었다.

그런데 정작 지금 내가 만나고 있는 당사자 손진경은 아버지인 손태백의 뜻을 거스를 생각이 없어 보였다.

'아니면… 완전히 망했다가 다시 재기하는 건가?'

대한민국 부자가 망해도 삼대가 떵떵거리며 살 수 있는 이유.

몰래 꿍쳐 둔 돈이 많기 때문이었다.

그 돈을 사업 자금으로 해서 재기했을 가능성도 아주 배제할 수 없었다.

'어느 쪽일까?'

현재로서는 나도 알 수 없다. 그리고 어느 가정이 맞는가를 확인할 수 있는 방법이 하나 있었다.

또 다른 회귀자인 신은하를 만나서 물어보는 것이었다.

"시간이 얼마나 남았습니까?"

"무슨 시간이 얼마나 남았냐는 거야?"

"동화건설의 부도 예상 시기가 언제인지를 물은 겁니다."

"길어야 두 달밖에 못 버텨."

'두 달이라.'

남은 시간이 그리 길지 않다는 것을 알아챈 내가 말했다.

"아직 시간이 좀 남아 있으니까 천천히 고민해 보시죠."

　　　　　＊　　　　　　＊　　　　　　＊

　손진경을 만난 후 난 워크숍 참석 준비를 서둘렀다.

　자파구리를 만들 재료를 넉넉히 구입해서 트렁크에 실은 후, 뒤풀이 장소인 식당으로 향했다.

　내가 식당에 도착했을 때는 이미 술자리가 시작되어 있었다.

　"저 왔습니다."

　내가 식당 안으로 들어서서 내부를 살폈다.

　그런 내 시선에 신은하의 모습이 들어왔다.

　'역시… 왔네!'

　신은하는 아직 '골든키 스튜디오' 소속 배우였다.

　그렇지만 그녀는 계약이 끝나자마자 '블루윈드'로 이적하겠다는 의사를 이미 내게 밝혔던 상황이었다.

　그래서 오늘 워크숍에도 참석하지 않았을까 하고 예상했는데.

　그 예상이 적중한 셈이었다.

　"서진우 씨, 왜 이렇게 늦었습니까?"

　벌써 막걸리를 몇 잔 마신 듯, 신대섭의 얼굴은 불콰하게 달아올라 있었다.

　"갑자기 급한 일이 좀 생겼었습니다. 늦어서 죄송합니다."

나는 신대섭에게 참석이 늦은 것에 대해서 사과하고 난 후 이강희를 비롯한 안면 있는 배우들과 반갑게 인사했다. 그리고 대충 인사를 마치자마자 바로 비어 있던 신은하의 옆자리에 앉았다.

"오랜만입니다."

"그러니까, 진짜 오랜만이다."

"보고 싶었습니다."

난 신은하를 만나서 꼭 물어볼 것이 있었다.

그래서 보고 싶었다고 솔직하게 말하자, 신은하가 두 눈을 동그랗게 떴다.

"드디어… 내 매력에 풍덩 빠진 거야?"

"아니요, 그냥 친구로서 보고 싶었던 뜻입니다."

"에이, 괜히 좋아했네."

"톱 여배우답게 도도한 모습을 좀 보여 주시죠."

"나도 그러고 싶은데… 그게 맘처럼 잘 안 되네."

"……?"

"내가 사랑 앞에는 물불 안 가리는 스타일이라서 말이지."

혀를 쏙 내밀며 생긋 웃는 신은하는 여전히 예쁘다.

예전에 비해서 경계심이 줄어들어서일까.

오늘따라 신은하가 유난히 더 예쁘게 보였지만, 난 이내 마음을 다잡고 입을 뗐다.

"아까 손진경 대표를 만났습니다."

"무슨 일로 만났어?"

"제게 고민 상담을 했습니다."

"손진경 대표님이 진우, 너한테 고민을 상담했다고?"

"네."

"진짜 널 많이 믿는가 보네."

내게 새삼스러운 시선을 던지던 신은하가 물었다.

"그런데 진우 너한테 무슨 고민 상담을 했어?"

"동화백화점 매각 여부를 고민하더군요."

"그렇구나."

'놀라지… 않는다?'

손진경이 동화건설을 살리기 위해서 동화백화점 매각 여부에 대해서 고민 중이라는 이야기를 사방에 떠들고 다녔을 가능성은 극히 낮다.

그녀의 말 한마디로 인해 동화백화점, 아니, 동화그룹 전체의 주가가 요동칠 수도 있는 사안이었으니까.

그럼에도 불구하고 신은하는 놀란 기색이 아니었다.

"왜 안 놀라십니까?"

"놀라야 해?"

"동화백화점 광고 모델이지 않습니까?"

"계약 해지했어."

"언제……?"

"원래 육 개월 단발로 계약했었어. 물론 동화백화점 측에서 재계약 요청을 했지만, 내가 거절했지."

"재계약 요청을 거절한 이유는요?"

"내 이미지랑 좀 안 맞는 것 같아서."

신은하의 대답을 들은 내가 지적했다.

"지난번과는 말이 달라졌습니다."

"응?"

"동화백화점의 고급스러운 이미지와 신은하 씨의 이미지가 부합하기 때문에 광고 모델 제안을 수락했다고 말씀하셨지 않습니까?"

"기억력 참 좋아. 그런데 그때와는 상황이 또 달라졌거든. 그때는 맞았지만, 지금은 틀리다. 이렇게 표현하면 적당할까?"

신은하는 생글생글 웃으며 대답했다.

하지만 난 마주 웃을 수 없었다.

'지금… 뭐 하고 있는 거지?'

그때는 맞았지만, 지금은 틀리다.

신은하가 이야기 도중에 사용한 표현이었다.

그런데 이 표현은 내가 알고 있는 영화 제목과 일치하기도 했다.

바로 2005년에 개봉한 영화인 '그때는 맞았지만, 지금은 틀리다'라는 작품이었다.

'우연일까? 아니면, 실수일까?'

신은하가 우연히 영화 제목과 같은 표현을 쓴 것일 수도 있었다.

그게 아니면, 신은하가 무심코 실수를 한 것일 수도 있었고.

'우연일 가능성은… 낮아.'

그때는 맞았지만 지금은 틀리다는 표현.

흔히 사용하는 표현이 아니었기 때문이었다.

'실수가… 아냐?'

만약 신은하가 무심코 실수로 이 표현을 사용한 거라면 아차 하며 당황한 표정이라도 지어야 했다.

하지만 그녀의 표정은 아무 변화가 없었다.

'우연도 실수도 아니라면… 대체 뭐지?'

잠시 후, 난 남아 있는 하나의 가능성이 떠올랐다.

'아!'

나만 신은하를 관찰하고 있다는 생각은 엄연한 착각이었다.

아까부터 신은하도 내 얼굴에서 시선을 떼지 않고 있었다.

'날 관찰하는 거야!'

거기까지 생각이 미친 순간, 난 서둘러 앞에 놓여 있던 막걸리 잔을 집어 들었다.

'신은하도 내가 회귀자가 아닐까 하는 의심을 본격적으로 하기 시작했어. 그래서 미래에 개봉하는 영화 제목과 같은 표현을 사용한 후에 내가 어떤 반응을 보이는지를 관찰하고 있었던 거야.'

막걸리 잔을 입에 갖다 대서 얼굴을 가린 채 내가 빠르게 생각을 이어 나갔다.

'나도 모르게 경계심이 풀려 버렸어.'

그리고 자책하고 있을 때, 신은하가 다시 입을 뗐다.

"동화백화점은 매각될 거야. 물론 언젠가 다시 되찾겠지만, 이리저리 팔려 다니는 동화백화점과 내 고급스러운 이미지가 어울리지 않잖아?"

"……."

"그래서 재계약 요청을 거절한 거야."

"서진우 씨, 잠깐 이야기를 할 수 있을까요?"

신은하의 말을 듣고 잠시 생각하고 있을 때 신대섭이 날 불렀다.

"알겠습니다. 바로 가겠습니다."

가뜩이나 신은하와의 대화가 부담스러웠던 상황이었기에 난 반가움을 느끼며 서둘러 일어섰다.

'자파구리는 포기!'

내 짐작이 맞다면 신은하는 내가 회귀자라는 것을 의심하고 있었다.

이런 상황에 자파구리까지 끓여서 떡하니 대접한다면?

내가 회귀자라고 광고하는 것이나 마찬가지였다.

그래서 각그랜저 트렁크에 실려 있는 자파구리를 만들 재료를 꺼내는 것을 깔끔하게 포기한 채 내가 신대섭의 곁으로 다가갔다.

"무슨 일이십니까?"

내가 묻자, 신대섭이 맞은편에 앉아 있는 남자를 손으로 가리켰다.

"이 친구가 서진우 씨와 인사시켜 달라고 하도 졸라서요."

'누구지?'

별생각 없이 고개를 돌렸던 내가 두 눈을 빛냈다.

남자의 얼굴이 무척 낯이 익어서였다.

"우상이에게 말씀 많이 들었습니다. 이창성이라고 합니다."

남자가 벌떡 일어나서 고개를 숙이며 본인을 소개했다.

그렇지만 굳이 소개는 필요 없었다.

난 이미 얼굴이 크고 작은 여드름으로 덮여 있는 이창성에 대해서 잘 알고 있었으니까.

"만나서 반갑습니다. 서진우입니다. 그런데 전우상 씨가 저에 대해 무슨 말을 했습니까?"

"서진우 씨에게 잘 보이면 '블루윈드' 식구가 될 수 있을 거라고 했습니다. 만약 '블루윈드' 식구로 받아 주신다면 충성을 다하겠습니다."

다짜고짜 충성 맹세를 하는 이창성에게 내가 물었다.

"이창성 씨는 아직 소속사가 없습니까?"

"네. 그래서 꼭 '블루윈드'의 식구가 되고 싶습니다. 정말 열심히 하겠습니다. 잘 부탁드립니다."

'넉살 좋네.'

속으로 생각하며 내가 웃었다.

'로또 맞은 셈이네.'

향후 이창성은 배우로서, 또 가수로서 크게 성공한다.

그런 이창성이 제 발로 찾아와서 충성 서약까지 하면서 '블루윈드' 식구가 되고 싶다고 말하고 있으니 말 그대로 얻어걸린 셈이었다.

그리고 세상에 공짜를 싫어하는 사람은 없는 법이다.

"신대섭 씨, 이창성 씨를 '블루윈드' 식구로 받아 주시는 게 어떻습니까?"

내가 기회를 놓치지 않기 위해서 제안하자, 신대섭이 난색을 표했다.

"그건 좀⋯⋯."

"제 부탁입니다. 아니, 지시입니다."

"⋯긍정적인 방향으로 고민해 보겠습니다."

신대섭이 마지못한 표정으로 대답한 순간이었다.

"여기 자리 있구만. 왜 안 된다는 거야?"

식당 입구가 갑자기 소란스럽게 변했다.

'무슨 일이지?'

내가 소란이 일고 있는 방향으로 고개를 돌렸다.

그런 내 눈에 들어온 것은 시커먼 정장을 입고 깍두기 머리를 한 사내들이었다.

"손님, 죄송합니다. 오늘은 미리 예약을 받아서 다른 손님들은 받을 수가 없습니다. 근처 다른 식당을 이용해 주십시오."

식당 주인이 미안한 표정으로 양해를 구했다.

"싫은데."

"네?"

"여기 도토리묵이 맛있다는 소문을 듣고 일부러 찾아왔거든. 차 타고 한 시간씩이나 걸려서 왔어. 여기 빈자리도 있으니까 조용히 먹고 갈게."

"안 됩니다."

"안 되긴 왜 안 된다는 거야?"

정장 차림 사내들은 앞을 막고 서 있던 식당 주인의 어깨를 손으로 밀치고 막무가내로 안으로 들어왔다.

"손님, 계속 이러시면……."

식당 주인이 난처한 표정을 짓고 있을 때, 신대섭이 나섰다.

"빈자리 있으니까 드시고 가라고 하세요."

"정말… 그래도 될까요?"

"네. 괜찮습니다."

식당 주인이 안도의 한숨을 내쉰 순간, 정장 차림 남자들 중 이마에 화상 흉터가 있는 남자가 말했다.

"형씨, 고맙수다."

"별말씀을요. 편하게 드시고 가세요."

'불안한데.'

내가 속으로 생각했을 때였다.

"어, 이게 누구야? 여기 유명인이 있었네."

이강희를 발견한 화상 흉터가 있는 남자가 실실 웃으며 다가왔다.

"팬이요. 우리 악수 한번 합시다."

"좋아해 주셔서 감사합니다."

이강희와 악수를 마쳤음에도 그는 그녀의 손을 놓지 않았다.

"이야. 얼굴만 고운 게 아니라 손도 참 곱네."

"이 손 그만 놔 주세요."

"거, 닳는 것도 아니구만."

"이 손 놔 달라고 부탁드렸어요."

이강희가 차가운 목소리로 쏘아붙이고 나서야 남자는 손을 놓았다.

"몸도 함부로 굴리던 년이 더럽게 비싸게 구네."

그리고 남자가 덧붙인 말이 끝난 순간, 이강희의 눈매가 사납게 변했다.

"방금… 뭐라고 했어?"

'참을 리가 없지.'

난 이강희의 성격을 잘 알고 있다.

역시 그녀는 내 예상대로 참지 않았다.

"함부로 몸 굴리던 년이 더럽게 비싸게 군다고 했다. 왜? 내 말이 틀려?"

"이 새끼가⋯⋯."

이강희가 욕을 하려 했지만, 신대섭이 나서는 것이 조금 더 빨랐다.

"사과하시죠."

신대섭은 이마에 화상 흉터가 있는 남자에게 사과를 요구했다.

그러나 내 예상대로 남자는 순순히 사과하지 않았다.

"넌 뭔데 끼어들어? 이년 기둥서방이라도 돼?"

"사과하라고 말했습니다."

"싫은데. 그리고 내가 사과 안 하면 어쩔 건데?"

"명예 훼손으로 고발⋯⋯."

신대섭이 명예 훼손으로 고발하겠다고 말하려 했지만, 그는 원래 하려던 말을 끝마치지 못했다.

철썩.

이마에 화상 흉터가 있는 남자가 오른손을 휘둘러 신대섭의 뺨을 후려쳤기 때문이었다.

"지금 이게 무슨 짓이에요?"

당황한 이강희가 소리를 질렀다.

순식간에 분위기가 사납게 변하는 것을 확인한 내가 한숨을 내쉬었다.

'작정하고 찾아왔네!'

정장 차림 남자들은 작정하고 시비를 걸고 있었다.

더 내버려 두면 안 되겠다는 생각이 들어서 내가 막 일어섰을 때였다.

"어디서 굴러 처먹던 양아치 새끼들이야."

퍽.

이창성이 버럭 소리를 지르면서 달려들어 화상 흉터 남자의 얼굴에 주먹을 날렸다.

'굳이 나서지 않아도 '블루윈드'로 영입할 텐데.'

그 장면을 목격한 내가 속으로 생각하며 한숨을 내쉬었을 때였다.

"날… 쳤어?"

화상 흉터 남자가 씨익 웃었다.

"애들 들어오라고 하고 문 잠가라."

그 말이 끝나기 무섭게 식당 안으로 역시 정장을 입은 깍두기 머리 남자들이 우르르 몰려들어 왔다.

'많이도 몰려왔네.'

정장 차림의 남자들을 살피던 내가 재빨리 신대섭의 곁으로 다가갔다.

"신대섭 씨, 우리 식구들은 아무도 나서지 못하게 단속하세요."

"네?"

"작정하고 찾아온 놈들입니다. 먼저 시비를 건 것은 저쪽이지만 어차피 시시비비를 가리는 것은 중요치 않습니다. 구설수에 오르면 연예인인 우리 식구들이 무조건 손해이니까요."

신대섭은 연예계 경험이 풍부했기에 금세 내 말뜻을 이해했다.

"무슨 뜻인지 알겠습니다."

신대섭에게서 대답이 돌아온 순간이었다.

"제가 해결하겠습니다."

이창성이 힘주어 덧붙였다.

"저는 '블루윈드' 소속 배우도 아니고, 인지도가 높지도 않으니까 어차피 거리낄 것이 없습니다."

'그냥 무턱대고 나선 것이 아니었네. 나름대로 계산을 하고 움직인 거였어.'

이창성의 말을 듣고 내심 감탄하던 내가 주변을 살폈다.

방금 호언장담한 대로 이창성이 정장 차림 남자들을 모두 제압하는 것이 최선이었지만, 그게 가능할 리가 없었다. 그리고 이창성을 제외하고 나면, 폭력 사태에 휘말려도 괜찮은 것은 나뿐이었다.

재빨리 주변을 살피던 내 눈에 식당 구석에 놓여 있는 수련용 목검이 보였다.

'식당 주인 아들이 검도를 배우나 보네.'

내 입장에서는 식당 구석에 수련용 목검이 놓여 있는 것이 다행이었다. 그리고 수련용 목검을 가지러 걸어갈 때였다.

"어디서 좀 놀았냐? 이 씨발 놈들아!"

푸흡.

귓속으로 파고든 익숙한 멘트를 들은 내가 참지 못하고 실소를 터뜨렸다.

내가 서둘러 고개를 돌리자, 이창성이 애써 담담한 표정을 유지하기 위해 애쓰며 다시 소리쳤다.

"내가 누군지 알아? 내가 작년에 17 대 1로 다구리를 붙었다가 허리를 조금 삐끗했어. 내가 허리를 삐끗했으면, 나랑 다구리 떴던 그 새끼들은 어떻게 됐을까? 궁금하지? 지금 궁금해 죽……?"

'캬하, 추억의 명대사네.'

영화 속 명대사를 직접 듣는 순간, 추억이 돋았다.

아쉬운 것은 이창성이 명대사를 끝맺지 못했다는 점이었다.

퍼억.

이마에 화상 흉터가 있는 남자가 성큼성큼 다가와 이창성의 가슴을 걷어차 버렸기 때문이었다.

"으으, 치사하게 기습하는 것 보니 양아치 맞네. 씨발, 근데 하나도 안 아프다. 진짜 하나도 안 아파. 그리고 너흰 이제 다 뒈졌어. 내가 진짜 열받았거든."

이창성의 패기는 칭찬받아 마땅했다.

하지만 안타까운 점은 그의 다리가 후들거리고 있다는 점이었다.

"덤벼, 빨리 덤벼 봐. 왜 안 와? 겁먹었어?"

이창성이 손에 잡힌 막걸리 주전자를 들어 올려 위협하듯 휘두르면서 정장 차림 남자들에게 소리쳤다.

그 모습을 지켜보던 난 휴대 전화를 꺼내서 이청솔에게 전화했다.

뚜우.

통화음이 울리기 무섭게 이청솔이 반갑게 전화를 받았다.

—후배, 오랜만이야.

"선배님, 좀 도와주십시오."

이청솔과 안부 인사를 나눌 정도로 상황이 여유롭지 않았기에 내가 바로 도움을 청했다.

—지금 어디야?

이청솔도 이것저것 묻지 않고 바로 위치부터 물었다.

북한산 쪽이라는 것과 식당 상호를 빠르게 알려 준 후 통화를 마쳤다.

'이제 대충 준비는 끝났다!'

퍼억.

내가 수련용 목검을 움켜쥔 순간, 또 한 번 타격음이 흘러나왔다.

가슴을 또 한 번 걷어 차이고 바닥에 쓰러져 있는 이창성의 모습이 보였다.

"쿨럭."

다시 일어서지 못하고 기침을 하고 있는 이창성의 모습을 확인한 전우상이 신대섭을 밀치고 달려가는 모습도 보였고.

턱.

내가 재빨리 움직여 그런 전우상의 어깨를 붙잡았다.

"서진우 씨, 말리지 마십시오."

"참으세요."

"하지만……."

"전우상 씨는 저런 쓰레기들을 상대해서는 안 됩니다. 그냥 제게 맡기세요."

전우상을 만류한 내가 쓰러진 이창성의 곁으로 다가갔다.

"괜찮습니까?"

"네. 멀쩡합니다."

"다행이네요. 그리고 축하합니다."

"축하… 요?"

"아까 '블루윈드' 식구가 되고 싶다고 말씀하셨지 않습니까? 그 바람이 이뤄졌으니 축하한다고 말씀드린 겁니다."

"네? 그 말씀은……?"

"이창성 씨의 용기가 아주 마음에 들었거든요. 그리고 아까 양아치들을 상대로 한 대사도 아주 훌륭했습니다. 언제가 될지는 모르지만, 작품 속에서 그 대사를 다시 듣고 싶습니다."

이창성은 영문을 모르겠다는 표정을 짓고 있었다.

그런 그에게 내가 '하트 비트'라는 작품에 대해 설명하려다가 도중에 입을 다물었다.

다다닷.

정장 차림 남자들 중 하나가 달려들었기 때문이었다.

"진우 씨, 위험해요!"

"진우야, 조심해!"

이강희와 신은하가 거의 동시에 소리친 순간, 내가 태극일 원공을 일으키며 손에 들려 있던 수련용 목검을 휘둘렀다.

부웅.

퍽.

수련용 목검에 왼쪽 무릎을 타격당한 남자가 그대로 고꾸라졌다.

"끄아악!"

남자는 바닥을 데굴데굴 구르며 고통스러운 비명을 내질렀다.

'많이 아플 거야!'

일격을 맞고 무릎뼈가 박살 났으니 고통스러워하는 것도, 다시 일어나지 못하는 것도 당연했다.

내가 수련용 목검을 들고 앞으로 걸어 나오며 평소 꼭 한 번 해 보고 싶었던 대사를 입 밖으로 내뱉었다.

"어디서 좀 놀았냐? 이 양아치 새끼들아!"

*   *   *

부웅.

수하가 힘껏 휘두른 주먹이 빗나간 순간, 번개같이 파고든 목검이 가슴을 때렸다.

퍼억.

목검으로 가슴을 가격당한 수하가 맥없이 쓰러졌다.

'여섯 명째!'

바닥에 쓰러진 수하들을 향해 양상학이 소리쳤다.

"일어나, 이 새끼들아! 빨리 안 일어나?"

그렇지만 그 지시를 듣고 다시 일어나는 수하는 없었다.

'위력이 장난 아니야!'

이곳에 데리고 온 수하들은 양상학과 함께 조폭 생활을 한 지 5년이 넘었다.

칼을 맞고도 쓰러지지 않고, 피를 철철 흘리면서도 끝까지 상대를 공격할 정도로 근성과 맷집도 갖추고 있었다.

그런데 목검에 딱 한 대씩 얻어맞자마자, 쓰러져서는 다시 일어나지 못하고 있다는 것이 목검에 실려 있는 위력이 대단하단 증거였다.

'이 새끼, 뭐지?'

양상학이 수련용 목검을 든 채 수하들을 압도하고 있는 새 파랗게 젊은 서진우를 바라보았다.

13 대 1.

압도적인 수적 열세임에도 불구하고 젊은 놈은 전혀 긴장한 기색이 아니었다.

여유가 있었다.

그 모습을 보고 처음에는 제정신이 아닌 놈이라고 생각했는데 아니었다 놈의 정신은 멀쩡히 박혀 있었다.

대결에서 이길 자신이 있었기 때문에 긴장하지 않고 여유를 보였던 것이었다.

그때였다.

스윽.

서진우가 앞으로 성큼 한 걸음 내디뎠다.

그 순간, 수하들이 일제히 뒷걸음질을 쳤다.

"내가 누군지 알아? 내가 작년에 17 대 1로 다구리를 붙었다가 손가락을 조금 삐끗했어. 그럼 그 새끼들은 어떻게 됐을지 궁금하지 않아? 다 병신 됐어. 어때? 너희도 그렇게 될까 봐 무섭지?"

서진우가 소리쳤다.

이 멘트가 낯설지 않은 이유.

아까 얼굴에 여드름이 가득 난 이창성이 했던 멘트와 거의 흡사했기 때문이었다.

'아주 지랄발광을 하는구나!'

이창성이 17대 1을 들먹이며 소리쳤을 때는, 양상학은 겁에 질려서 제정신이 아닌 상태로 지랄발광을 한다는 생각이 들어서 비웃었다.

하지만 서진우가 같은 멘트를 하고 있는 지금은 비웃을 수 없었다.

진짜 17 대 1로 다구리를 붙어도 이길 수 있을 정도로 수준급 검도 실력을 보유하고 있어서였다.

'쪽팔려 죽겠네!'

서진우가 뿜어내는 기세에 눌려서 뒷걸음질을 친 수하들을 못마땅하게 노려보던 양상학이 허리춤에 꽂아 두었던 회칼을 꺼냈다.

스르릉.

칼집에서 회칼을 빼낸 양상학이 수하들에게 소리쳤다.

"지금부터 뒷걸음질 치는 새끼들은 내 손에 먼저 뒈진다. 연장 들고 무슨 수를 써서라도 저 새끼 담가."

스릉, 스르릉.

양상학의 이야기가 끝나기 무섭게 수하들이 앞다투어 칼을 빼 들었다.

"죽여."

"넌 이제 뒈졌어!"

연장을 손에 쥐자 다시 용기가 생긴 걸까.

수하들이 칼을 꼬나쥔 채 일제히 서진우를 향해 달려들었다.

'못 담가!'

하지만 양상학은 수하들이 서진우를 해치우는 데 실패할 것을 이미 직감적으로 알고 있었다. 그래서 바로 수하들의 뒤로 따라붙었다.

퍽, 퍽, 퍼억.

"큭!"

"크아악!"

타격음과 신음성이 연달아 흘러나왔다. 그리고 차례로 허물어지는 수하들의 뒤에 몸을 숨기고 있던 양상학이 이를 악물고 칼을 휘둘렀다.

서걱.

'됐다!'

회칼을 움켜쥔 손에 살을 베는 감각이 전해졌다.

그 감각을 느낀 양상학이 속으로 쾌재를 불렀을 때, 허벅지 어림에 불로 지지는 듯한 저릿한 통증이 밀려들었다.

'큭!'

중심을 잃고 쓰러진 양상학의 눈에 칼에 베인 어깨가 피로 물든 서진우가 다가오는 모습이 보였다.

"막아! 저 새끼 막으라고!"

양상학이 재빨리 소리쳤다.

하지만 서진우를 막기 위해서 나서는 수하는 없었다.

수하들이 다 쓰러진 상태라는 것을 뒤늦게 알아챈 양상학이 이를 악물고 다시 일어서려 했다.

그러나 아까 목검에 강타당한 왼 다리에 전혀 힘이 들어가지 않았다.

그사이 지척까지 다가온 서진우가 싸늘한 시선을 던지며 입을 뗐다.

"이제 시작이야."

"......?"

"경찰이 빨리 도착해 줬으면 좋겠지? 그런데 원래 경찰은 사건 현장에 제일 늦게 도착하는 법이야. 그때까지 우리 얘기 좀 하자."

퍽.

일단 목검으로 손목을 때려서 손에 들려 있던 회칼부터 제거했다.

"크윽!"

일격에 손목뼈가 부러져 신음성을 흘린 순간, 난 그의 뒷덜미를 거칠게 틀어쥐었다.

"진우야, 괜찮아?"

그때, 신은하가 피로 물든 내 어깨 어림을 걱정스레 바라보며 물었다.

"살짝 스친 것뿐입니다. 이자와 따로 얘기 좀 하고 오겠습니다."

질질.

난 사내를 끌고 주방으로 들어갔다.

"잠시 자리 좀 피해 주시겠습니까?"

주방에서 일하던 아주머니들이 겁에 질려 바로 빠져나갔다. 그렇게 둘만 남겨진 순간, 내가 물었다.

"이름?"

"……."

내가 이름을 물었지만, 사내에게서 대답은 돌아오지 않았다.

이미 예상했던 전개.

"묵비권을 행사하시겠다? 그런데 묵비권 행사는 경찰 앞에서나 통해. 그리고 아쉽게도 난 경찰이 아니고."

난 코웃음을 친 후, 수련용 목검을 움켜쥔 손에 힘을 더했다.

퍽.

내가 망설이지 않고 휘두른 목검이 사내의 오른쪽 어깨를 때렸다.

빠각.

묵직한 타격음에 뒤이어 뼈가 박살 나는 소리가 흘러나왔다.

"끄아아악!"

엄청난 고통을 버티지 못하고 사내가 괴성에 가까운 비명을 내질렀다.

"이름?"

"……."

"다음은 왼쪽 어깨야. 왼쪽 어깨뼈까지 박살 나면 앞으로 숟가락도 혼자 못 들어. 내 말 무슨 뜻인지 이해했어?"

"……."

"이름?"

"……."

"제대로 이해 못 했네."

내가 지체 없이 수련용 목검을 다시 들어 올렸다. 그리고 사내의 왼쪽 어깨를 향해 수련용 목검을 내리치려는 찰나. 비명 같은 외침이 들려왔다.

"양상학."

그제야 수련용 목검을 다시 내린 내가 두 번째 질문을 던졌다.

"누가 시켰어?"

"……."

"그냥 밥숟가락 놓자!"

"…주태준 실장."

"주태준?"

'이름이 낯이 익은데!'

재빨리 기억을 더듬던 난 이내 주태준의 이름 세 글자를 떠올리는 데 성공했다.

'강희 씨 사건 때 등장했었어.'

부장 검사 시절 이청솔은 성 접대가 이뤄지는 별장을 급습했는데 그 과정에서 검거된 인물 중 한 명이 주태준이었다.

'이 자식은 뭐지?'

또 한 번 등장한 이름을 듣고 내가 주태준에게 호기심을 느꼈다.

"뭐 하는 새끼야? 조폭이야?"

"모릅니다."

"몰라?"

"이름과 직함 외에는 저도 아는 게 없습니다."

"정말… 아는 게 그게 다야?"

내가 수련용 목검을 들어 올리자, 양상학의 두 눈이 공포로 물들었다.

"소문은… 들은 게 있습니다."

"소문? 무슨 소문?"

"정계와 재계 쪽에 백이 든든하단 소문이요. 그리고 여자 연예인들을 구해서 상납하는 역할을 한다는 소문도 들었습니다."

'조직적으로 이뤄지고 있다?'

내가 흥미를 느꼈을 때였다.

왜앵. 왜앵.

경찰차 사이렌 소리가 멀리서 들려오기 시작했다.

"운 좋네."

"네?"

"경찰, 아니, 너희들 표현대로라면 짭새가 널 살려 줬으니까."

"……?"

"그러니까 앞으로 항상 경찰분들한테 감사하는 마음 갖고 살아라."

*   *   *

난 쌍방 폭행 피의자였다. 그래서 경찰서로 일단 동행했다.

그리고 내 취조를 맡은 형사는 내게 흥미를 감추지 못했다.

"누군지 알고 싸웠어?"

"모릅니다."

"허어! 흑곰파 애들인지도 모르고 싸웠다?"

'흑곰파? 어디서 들어봤는데.'

분명히 흑곰파에 대해서 들어본 기억이 났다.

그런데 언제 어디서 들었는지 기억은 가물가물했다.

결국 내가 기억을 떠올리는 것을 포기했을 때, 형사가 다시 질문했다.

"직업이 뭐야?"

"학생입니다."

"체대생?"

"법학과 학생입니다. 한국대학교 법학과 다닙니다."

형사가 깜짝 놀라는 것이 한국대학교 법학과의 명성이 대단하다는 증거다.

"진짜 한국대학교 법학과 학생이야?"

"학생증 보여 드리겠습니다."

내가 지갑에서 학생증을 꺼내서 보여 준 후에야 형사는 비로소 믿는 기색이었다.

"혹시 운동 배웠어?"

"검도 좀 배웠습니다."

"아, 검도. 그럼 유단자겠네. 유단자면 특수 폭력이……."

"유단자 아닙니다."

"검도 유단자도 아닌데 혼자서 흑곰파 애들을 저렇게 만들었다? 에이, 유단자라고 해도 못 믿을 판국인데. 그게 말이 돼?"

더 설명해 봐야 믿지 않을 게 뻔했다.

그래서 내가 어깨를 으쓱했을 때, 형사가 걱정스레 바라보며 말했다.

"흑곰파 애들 상태 보니까 합의금 엄청 나올 것 같던데."

"돈 많아서 괜찮습니다."

"뭐?"

"그리고 쌍방 폭행이 아니라 저쪽에서 먼저 시비를 걸었습니다. 난 그 후에 나섰던 거니까 정당방위죠."

"저쪽에서는 쌍방 폭행이라고 주장하던데?"

"어느 쪽 주장이 맞는지 확인해서 잘못한 놈에게 벌받게 만드는 것이 형사님이 하실 일이죠."

더 상대하기도 귀찮았다. 그리고 마침 날 돕기 위한 조력자가 도착했다.

"후배님, 여기 있었네."

이청솔이 경찰서 안으로 들어섰다.

여유 있던 그의 표정은 내 어깨 어림이 피로 물들어 있는 것을 확인하고 난 후 이내 굳어졌다.

"다쳤잖아?"

"살짝 칼에 스친 것뿐입니다."

"살짝 스친 게 아닌데? 이 정도면 중상이구만. 그런데 왜 병원이 아니라 경찰서에 있는 거야?"

내가 대답하기도 전에 이청솔은 취조하던 형사를 다그쳤다.

"지금 중환자를 상대로 취조하는 거야?"

'중환자는 아닌데.'

내가 쓴웃음을 머금었을 때, 형사가 당황한 표정으로 물었다.

"누구……?"

"평소에 저를 많이 아껴 주시는 한국대학교 법학과 선배님이십니다. 현재 서부지검 차장 검사님으로 근무하고 계시죠."

내 설명 덕분에 서부지검 차장 검사라는 이청솔의 신분을 알게 된 형사는 깜짝 놀라며 벌떡 자리에서 일어섰다.

"차장 검사님께서 이렇게 누추한 곳까지 어떻게……?"

"아까 내 후배가 말하는 것 못 들었나? 무척 아끼는 후배가 불미스러운 사건에 휘말렸는데 가만히 지켜보고 있을 수는 없지 않은가?"

"아, 네."

"그런데 내가 아끼는 후배가 많이 다쳤는데도 병원에도 가지 못하고 경찰서로 끌려와서 취조를 받고 있는 걸 보고 나니까 내 마음이 아주 안 좋군."

"죄송합니다. 제 생각이 짧았습니다."

"신원도 확실하니까 일단 병원으로 데려가서 치료부터 받겠네. 괜찮지?"

"물론입니다."

"후배, 가지."

경찰서를 빠져나오자마자 이청솔이 제안했다.

"우선 병원부터 가자."

"정말 살짝 스친 것뿐입니다."

"진짜 병원 안 가도 돼?"

"네. 같이 차나 한잔 마시죠. 따뜻한 차를 한 잔 마시면 놀란 마음이 진정될 것 같아서요."

"안 속아."

"네?"

"전혀 놀란 기색이 아니거든."

이청솔이 지적한 후 경찰서 근처 커피 전문점으로 날 데려 갔다. 그리고 유자차 두 잔을 주문하고 탁자에 앉은 후, 내게 물었다.

"자, 이제 말해 봐. 뭐가 어떻게 된 거야?"

"'블루윈드' 소속 식구들이 등산을 마치고 뒤풀이를 하는 식당으로 흑곰파 조직원들이 일부러 시비를 걸기 위해서 찾아왔습니다."

"흑곰파? 그놈들이 흑곰파 조직원이라는 건 어떻게 알았 어?"

"몰랐습니다."

"응?"

"아까 취조를 받던 도중에 형사분이 알려 주셔서 알게 됐습 니다."

"그래? 흑곰파 놈들이 왜 움직였을까?"

이청솔이 팔짱을 끼고 고민하는 것을 바라보던 내가 물었 다.

"혹시 주태준이라는 이름을 기억하십니까?"

"주태준?"

"이강희 씨 사건이 있었을 때, 별장에서 함께 검거됐던 자입 니다."

"주태준, 주태준이라."

이미 꽤 시간이 흐른 시점.

그의 이름을 되뇌며 한참 기억을 더듬던 이청솔이 마침내 기억이 떠오른 듯 말했다.

"아, 이제 기억나. 당시에 도기철 등과 함께 검거되긴 했었는데 아마 불기소 처분을 받고 풀려났을 거야. 후배도 알다시피 그때 제대로 된 처벌은 안 내려졌거든. 그런데 주태준 이야기는 왜 꺼내는 거야?"

"흑곰파 조직원이 주태준의 지시를 받았다고 털어놓았습니다."

"그게 사실이야?"

"네."

"주태준과 흑곰파 사이에 연관이 있다? 한번 파 볼 필요가 있겠네."

"부탁 좀 드리겠습니다."

"오케이, 맡겨 둬."

흔쾌히 대답하는 이청솔에게 내가 의미심장한 미소를 지은 채 말했다.

"선배님, 왠지 좋은 느낌이 듭니다."

"좋은 느낌이라니?"

"이번 사건을 잘 해결하고 나면 선배님께서 또 승진하실 수도 있을 것 같다는 느낌이 듭니다."

"승진한 지 얼마나 됐다고 또 승진이야?"

이청솔은 손사래를 쳤다.

그렇지만 난 그의 두 눈에 떠올라 있는 욕심을 놓치지 않았다.

'나쁠 건 없지!'

이청솔은 이제 내 사람이나 마찬가지였다.

그런 그가 차장 검사에서 검사장으로 승진하면, 내 입장에서 도움이 되면 됐지 손해 볼 일은 없었다.

"확실히 파 보도록 하지."

이청솔이 유자차를 한 모금 마신 후 강한 의욕을 드러냈다.

*   *   *

이청솔과 헤어지자마자 난 신대섭에게 전화를 걸었다.

─서진우 씨, 지금 어디십니까?

바로 전화를 받은 신대섭이 물었다.

─변호사 대동하고 경찰서로 찾아갔는데 이미 취조 마치고 떠났다고 하던데요. 혹시 병원입니까?

"아직 경찰서 근처입니다. 잠깐 만나죠."

─알겠습니다.

신대섭과 통화를 마치고 근처 포장마차로 들어갔다.

"운이 좋았어."

소주 한 잔을 마신 후 내가 혼잣말을 꺼냈다.

'만약 내가 오늘 등산 이후에 마련된 뒤풀이 자리에 참석하지 않았다면?'

전우상을 비롯한 '블루윈드' 소속 배우들이 흥분해서 흑곰파 조직원들과 주먹다짐을 하면서 싸웠을 것이었다. 그리고 평범한 배우들이 현직 조직폭력배를 상대로 맞서 싸워서 이길 가능성은 없다.

당연히 맞서 싸우는 과정에서 큰 부상을 입었을 것이었고, 그로 인해 활동에 차질이 생겼으리라.

그리고 부상보다 더 큰 문제는 구설수다.

'블루윈드' 소속 배우들 중 대부분은 이제 막 인지도가 쌓이고 있는 신인들이었다.

그런데 폭력 행위에 연루됐다는 구설수가 오르내리기 시작하면 배우 이미지에 치명적인 타격이 된다.

물론 상대가 먼저 시비를 걸었고, 그 상대가 일반인이 아니라 조직폭력배이긴 하지만 그 점은 중요치 않다.

대중들은 '블루윈드' 소속 배우들이 폭행 사건에 연루됐다는 사실만 기억할 테니까.

그때, 포장마차의 휘장을 걷고 신대섭이 안으로 들어왔다. 그리고 그는 혼자 소주를 마시고 있는 날 발견하고 황당한 표정을 지었다.

"서진우 씨, 상처가 덧나면 어쩌려고 술을 마시는 겁니까?"

"그 정도로 상처가 깊지는 않습니다. 정말 스치기만 한 겁니다."

"일단 외투부터 벗어 보시죠."

"괜찮다니까요."

"어서요."

신대섭은 물러서지 않고 계속 고집을 피웠고, 난 결국 외투를 벗고 셔츠를 내려서 상처를 보여 주었다.

"다행히 깊이 베이지는 않았네요."

"제가 스치기만 했다고 말씀드렸지 않았습니까? 이제 직접 눈으로 확인하셨으니까 됐죠?"

"아직 안 됐습니다. 아, 마침 도착했네요."

신대섭이 휘장을 걷고 포장마차 안으로 들어오는 신은하를 발견하고 손을 들었다.

"여기야."

손에 약봉지를 든 신은하가 재빨리 내 앞으로 다가왔다.

그런 그녀를 내가 황당하게 바라보았다.

"신은하 씨가 왜 여기 계신 겁니까?"

"왜? 내가 오면 안 되는 자리야?"

"그건 아니지만……."

"만나자마자 잔소리부터 하는 걸 보니까 멀쩡하네. 걱정했던 게 억울할 정도인데?"

"제가 더 심하게 다쳤기를 바랐던 겁니까?"

"에이, 그럴 리가 있겠어? 내가 진우, 널 얼마나 좋아하는데."

"네?"

"친구로서 말이지."

신은하가 생긋 웃으며 대답한 후, 약봉지에서 약을 꺼내서 상처 부위를 소독하기 시작했다.

"이렇게 약까지 살뜰히 챙겨서 발라 주는 친구도 있고. 고맙지?"

"네, 눈물 날 정도로 고맙네요."

"확실히 재밌어."

"제가 다친 게 재밌다는 겁니까?"

"아니."

"그럼 뭐가 재밌다는 겁니까?"

"진우, 네 주변에 있으면 계속 이런저런 재밌는 일들이 생긴다는 뜻이야."

신은하가 소독하며 꺼낸 대답을 들은 내가 물었다.

"무섭지 않습니까?"

"응?"

"제 주변에 있으면 앞으로도 이런 일이 자주 생길 겁니다."

"하나도 안 무서워."

"왜요?"

"진우, 네가 싸움을 잘하니까."

"……?"

"앞으로 위험한 일이 생기더라도 네가 날 지켜 주면 되잖아?"

'계속 옆에 있겠단 뜻이네.'

신은하를 쉽게 떼어 내기는 역시 힘들겠단 생각을 한 후, 내가 신대섭에게 물었다.

"혹시 주태준이란 사람을 알고 있습니까?"

그 질문을 들은 신대섭이 깜짝 놀란 표정을 지었다.

"서진우 씨가 주태준 실장을 어떻게 아십니까?"

"아까 이마에 화상 흉터가 있던 남자와 함께 주방으로 들어 갔었죠? 거기서 주태준의 이름을 들었습니다."

"……?"

"주태준 실장이 이번 일을 지시했다고 하더군요."

내 이야기를 들은 신대섭이 두 눈을 치켜떴다.

"그게 사실입니까?"

"네, 거짓말은 아닐 겁니다."

'양상학은 진짜 겁에 질렸으니까.'

공포는 사람을 정직하게 만든다.

그래서 당시에 양상학은 절대 거짓말을 한 게 아니라고 확신하며 대답한 후 내가 다시 질문했다.

"그런데 신대섭 씨는 주태준 실장을 어떻게 알고 있는 겁니까?"

"실은 얼마 전에 먼저 연락이 왔습니다. 사업 얘기를 하고 싶다고 해서 만났는데… 이상한 소리를 했습니다."

"이상한 소리라면……?"

"'블루윈드' 소속 배우들 중에서 인지도가 낮은 편인 배우들에게 스폰서 제안을 했습니다. 물론 전 단칼에 잘라서 거절했습니다. 그 후로 다시 연락이 오지 않아서 까맣게 잊고 있었는데… 이런 몹쓸 일을 벌였군요."

신대섭의 표정이 사납게 변했다

그런 그에게 내가 말했다.

"보통 이런 일이 생기는 것에는 이유가 있는 법이죠."

"무슨… 뜻입니까?"

"단지 신대섭 씨가 제안을 거절했단 이유로 주태준이 이런 일을 벌였다? 업계에서 천재 시나리오 작가로 명성을 날리고 있는 제 생각에는 개연성이 맞지 않는 것 같습니다."

내가 의견을 개진한 순간, 신은하가 끼어들었다.

"본인 입으로 천재 시나리오 작가라고 말하다니. 얼굴이 화끈거리지도 않아?"

"제가 없는 말을 한 건 아니지 않습니까?"

"헐, 완전 재수 없는데 틀린 말이 아니라서 반박할 수가 없네."

신은하가 혀를 내두른 순간, 신대섭이 물었다.

"그럼 서진우 씨 생각은 어떻습니까?"

"누군가 끼어든 것 같습니다."

"끼어들었다뇨?"

"주태준 실장이 이런 일을 벌이도록 옆에서 부추긴 누군가가 있다는 겁니다."

"누가 그런 일을……?"

"이런 경우 보통 직접적 이해 당사자일 가능성이 크죠."

"……?"

"'블루윈드'가 어려움에 처하게 될 경우, 가장 큰 이득을 볼 쪽에서 끼어들었을 가능성이 높죠. 혹시 짐작 가는 사람이 없습니까?"

"스타파워."

"이민호 대표!"

내가 던진 질문에 신대섭과 신은하가 거의 동시에 대답을 꺼냈다.

서로 엇갈린 대답.

그러나 곧 그들의 대답이 아주 엇갈렸던 것은 아니라는 사실을 깨달을 수 있었다.

"'블루윈드'가 어려움에 처하게 되면 스타파워 이민호 대표가 가장 큰 이득을 볼 거야. '골든키 스튜디오'가 무너지고 난 후에 가장 빠르게 성장하고 있는 연예 기획사이니까."

신은하의 설명 덕분이었다.

'대충 답은 찾았네.'

내가 희미하게 고개를 끄덕이며 질문했다.

"이민호 대표는 어떤 사람입니까?"

이 질문에 대답한 것은 신은하였다.

"스타파워 이민호 대표는… 점잖은 양아치야."

'재밌는 표현이네.'

'점잖은 양아치'라는 표현은 신박해서 확 와닿았다.

"결국 양아치라는 소리군요."

"응, 구속된 정종수 대표보다 더 악질이야. 그런데 배운 척, 점잖은 척하는 탓에 그의 천박한 본성을 모르고 속고 있는 배우들이 많아. 실은 얼마 전에 소연이에게서 연락이 왔었어."

"그게 누굽니까?"

"장소연, 몰라?"

"모르겠습니다."

"하긴 모를 수도 있겠네. 여러 작품에 조연으로 출연하기는 했지만, 인지도가 있는 편은 아니니까."

신은하가 고개를 끄덕인 후 신대섭에게 고개를 돌렸다.

"대섭 오빠는 알죠?"

"당연히 알지."

"나 같은 경우에는 예전에 같은 드라마에 출연했던 적이 있어서 소연이와 친분이 쌓였어. 그리고 얼마 전에 내게 연락해서 고민 상담을 하더라고."

"어떤 고민 상담을 했습니까?"

"스폰서 제안을 받았대."

"누구한테서요?"

"동화건설 손진수 대표. 혹시 알아?"

당연히 알고 있다.

나와 동업하고 있는 손진경 대표의 친오빠였으니까.

그럼에도 불구하고 내가 당황한 이유는… 동화건설 손진수 대표의 이름이 여기서 튀어나올 것이라고는 꿈에도 예상치 못했기 때문이었다.

"확실한 이야기입니까?"

일단 사실 확인이 먼저라고 판단하고 신은하에게 물었다.

"소연이 착한 애야. 나한테 거짓말을 했을 리가 없어. 이민호 대표가 지금처럼 계속 조연으로 출연해 봐야 스타가 되기는 힘들다. 한 살이라도 젊을 때 스폰서를 잡아서 확 인지도를 끌어올려야 한다는 말을 하면서 동화건설 손진수 대표가 한 스폰서 제안을 받아들이라고 했대. 스폰서 제안을 받아들이면 동화건설 메인 광고 모델이 될 수 있다고도 말했고."

"그래서요?"

"응?"

"장소연이란 여배우는 스폰서 제안을 받아들일 거랍니까?"

"내가 말리기는 했지만… 분위기를 보아하니 이미 스폰서 제안을 받아들이기로 결심한 것 같아."

신은하와 대화를 나누던 내가 신대섭에게 고개를 돌렸다.

"그 약속이 지켜질까요?"

"어떤 약속 말입니까?"

"스폰서 제안을 받아들이면 장소연 씨를 동화건설 메인 광고 모델로 발탁한다는 약속 말입니다."

"약속이 지켜지지 않을 가능성이 높습니다."

"그렇군요."

이제 들어야 할 이야기는 모두 들었다고 판단한 내가 신대섭에게 부탁했다.

"아마 장소연 씨가 처음이 아닐 겁니다. 점잖은 양아치가 스폰서를 붙인 스타파워 소속 배우들의 명단을 좀 알아봐 주십시오."

*　　　　*　　　　*

이청솔은 빠르게 움직였다.

경찰서에서의 만남 이후 사흘 만에 내게 다시 연락했다.

약속 장소는 서부지검 근처 한정식집 '식향'.

약속 시간보다 약 십여 분 일찍 '식향'에 도착해서 이청솔이 도착하길 기다리던 내가 손진수를 떠올렸다.

"한심하기 짝이 없는 인간이구나."

내가 동화건설 대표 이사인 손진수에 대해서 알고 있는 정보는 많지 않았다.

손진경의 친오빠라는 것, 그리고 그녀에 비해서 경영에 대한 감각과 능력이 떨어지는 편이라는 정도였다.

그런데 이번 일을 통해서 난 손진수가 막연히 예상했던 것보다 훨씬 한심한 인간이란 사실을 깨달았다.

"길어야 이 개월 정도야."

손진경은 이대로라면 동화건설이 머잖아 부도가 날 거라고 알려 주었었다.

그런데 동화건설 대표 이사인 손진수는 회사를 살릴 방안을 강구하며 자금을 마련하기 위해서 백방으로 뛰어다니기는커녕, 장소연이라는 여배우에게 스폰서 제안을 했다.

정신 차리려면 한참 멀었다는 증거.

"이런 걸 얻어걸렸다고 표현하면 되려나?"

Chapter. 3

　동화그룹 회장인 손태백의 입장에서는 속에서 천불이 날 지경이리라.

　그러나 내 입장은 달랐다.

　손진수가 장소연에게 스폰서 제안을 했다는 사실을 활용해서 손진경 대표를 도울 수 있는 계획이 떠올랐기 때문이었다.

　드르륵.

　그때, 미닫이문이 열리고 이청솔이 들어섰다.

　"고생 많으셨습니다."

　내가 인사하자, 이청솔이 웃으며 대답했다.

　"이게 어디 인사받을 일인가? 검사로서 당연히 해야 할 일을 하는 거지."

"제 짐작보다 조사가 일찍 끝났습니다?"

"이런 일은 질질 끌면 죽도 밥도 안 되거든."

이청솔이 딱 잘라 대답하고 물컵을 들어 목을 축였다.

그런 그를 향해 내가 물었다.

"어떻게 됐습니까?"

"양상학은 취조 과정에서 주태준에게서 지시를 받은 게 아니라고 부인하고 있어."

"그럴 거라 예상했습니다."

양상학은 내게 주태준에게서 지시를 받았다고 실토했다.

그렇지만 당시에 그가 실토한 이유는 공포에 질렸기 때문이었다.

경찰서 유치장에 갇힌 후 공포에서 어느 정도 벗어난 양상학은 제정신이 돌아왔을 것이다.

그래서 조사 과정에서 주태준과는 무관한 일이라고 계속 부인하고 있는 것이었고.

그때, 이청솔이 불쑥 질문을 던졌다.

"혹시 채홍준사라고 알아?"

"연산군 때 미녀와 좋은 말을 구하기 위해서 지방에 파견한 관리가 아닙니까?"

채홍준사(採紅駿使).

홍(紅)은 여자, 준(駿)은 준마를 뜻하는 말로 흔히 채홍사라고도 불리는 채홍준사는 폭군으로 유명한 연산군이 음탕한 생활을 즐기기 위해서 전국에서 용모가 아름다운 여자를 강제로 징벌해 오라는 임무를 맡겼던 관리였다.

"역시 잘 알고 있군. 덕분에 설명이 쉽겠어. 주태준이라는 놈 말이야. 명목상으로는 딥인사이드 엔터테인먼트라는 연예기획사 실장을 맡고 있어. 그런데 진짜 하는 일은 따로 있더라고. 현대판 채홍사라고 부르면 맞을 것 같아."

'현대판 채홍사라.'

내가 딱 어울리는 표현이라고 판단하며 질문했다.

"혹시 동화그룹을 알고 계십니까?"

"당연히 알지. 우리 장인이 동화그룹 계열사 중 하나인 동화건설에서 시공한 아파트에 살거든. 그런데 갑자기 동화그룹 이야기는 왜 꺼내는 거야?"

"동화건설이 부도 위기에 처했습니다."

"응? 확실한 정보야?"

"내부 정보이니까 확실하다고 할 수 있습니다."

천천히 고개를 끄덕이던 이청솔이 질문했다.

"그런데 동화건설이 부도 위기라는 정보를 내게 알려 주는 이유가 뭐야? 혹시 내가 동화건설 주식이라도 갖고 있을까 봐 걱정해서 한 이야기야? 부도 나기 전에 보유하고 있는 주식 팔라고?"

"동화건설 주식을 보유하고 계십니까?"

"난 주식의 주 자도 몰라."

이청솔이 지체 없이 대답한 순간, 내가 덧붙였다.

"동화건설 손진수 대표가 연예 기획사 스타파워 소속 여배우인 장소연에게 스폰서 제안을 했습니다."

"응?"

"그 과정에 주태준이 관여한 것 같고요."

내 이야기를 들은 이청솔이 황당하단 표정을 지었다.

"아까 동화건설이 부도 위기에 처했다고 하지 않았어? 그런데 대표라는 인간이 돈 구하러 뛰어다닐 생각은 하지 않고 여배우에게 스폰서 제안을 했다고?"

"네."

"이거 제정신이 아닌 놈이구만."

헛웃음을 터뜨린 이청솔이 다시 질문했다.

"그런데 그 과정에 주태준이 관여했다? 확실한 정보야?"

"지금부터 확인해 봐야죠."

"증거를 찾아라?"

"아니요, 증거는 제가 찾겠습니다."

"후배가 증거를 찾겠다고?"

"네."

"어떻게 증거를 찾을 건데?"

"생각해 둔 방법이 있습니다."

내가 방법이 있다고 대답하자, 이청솔은 더 캐묻지 않았다.

지난 사건들을 통해서 나에 대한 신뢰가 쌓였다는 증거.

대신 이청솔은 다른 질문을 던졌다.

"그럼 난 뭘 할까?"

"선배님은 따로 해 주셔야 할 일이 있습니다."

"따로 할 일? 뭔데?"

내가 두 눈을 빛내며 대답했다.

"스타파워 이민호 대표를 탈탈 털어 주십시오."

*   *   *

요금을 치르고 택시에서 내린 장소연이 '어선재' 간판을 올려다보았다.

"누굴… 소개해 주려는 걸까?"

장소연이 호기심을 이기지 못하고 혼잣말을 꺼냈다.

"나 좀 만나. 긴히 할 이야기가 있어."

먼저 만남을 청한 것은 신은하였다.

솔직한 내심은 그녀와의 만남이 내키지 않았다.

이미 동화건설 손진수 대표가 제안했던 스폰서 제의를 받아들이기로 결정을 내린 상황.

신은하를 만난다고 해서 달라질 것이 없었기 때문이었다.

"널 만나고 싶어 하는 분이 있어. 어쩌면 이분이 네 인생을 바꿔 줄 수도 있어."

그런데 신은하가 덧붙인 말로 인해 장소연이 마음을 바꿨다.

그녀가 소개해 주려는 사람이 대체 누구일까에 대한 호기심을 품은 채 장소연이 어선재로 들어섰다.

드르륵.

잠시 후, 장소연이 특실 문을 열었다.

"소연아, 어서 와."

가장 먼저 신은하가 반겨 주었다.

그런 그녀는 두 남자와 동석해 있었다.

'누구지?'

장소연이 그들을 살필 때, 신은하가 소개를 시작했다.

"이 쪽은 대섭 오… 아니, '블루윈드'의 신대섭 대표님이야."

스포츠머리에 정장을 입은 남자가 신대섭이란 사실을 알게 된 장소연이 두 눈을 빛냈다.

그에 대한 이야기를 워낙 많이 들었기 때문이었다.

"처음 뵙겠습니다, 장소연입니다."

"만나서 반갑습니다, 신대섭입니다."

장소연이 신대섭과 인사를 마치기 무섭게 신은하가 동석한 또 한 명의 남자를 소개했다.

"그리고 이쪽은 서진우, '텔 미 에브리씽'과 'IMF'라는 영화를 제작한 영화 제작자이자, '블루윈드' 지분을 보유한 투자자이기도 해. 또 뭐가 더 있지? 그래, 재작년 수능 유일한 만점자이고 현재 한국대학교 법학과 재학생이기도 해."

서진우에 대한 소개를 듣던 장소연이 깜짝 놀랐다.

앳돼 보이는 외모를 통해 서진우가 대학생일 거라 예상했다.

그런데 대학생이라기에는 믿기지 않을 정도로 이력이 화려했다.

'천재… 구나!'

장소연이 이렇게 판단했을 때였다.

"하나 빠졌습니다."

서진우가 지적했다.

"내가 뭘 빠뜨렸지?"

신은하의 질문에 그가 대답했다.

"JK미디어의 이사라는 것이요."

"아, 맞다. 그걸 빠뜨렸네."

"그리고 JK미디어의 현 대표 이사는 손진경 씨입니다. 동화건설 손진수 대표의 친동생이죠."

별생각 없이 대화를 듣고 있던 장소연이 흠칫 놀랐다.

예상치 못했던 이름이 서진우의 입에서 흘러나왔기 때문이었다.

그때, 서진우가 장소연을 보며 질문했다.

"동화건설 손진수 대표에게서 스폰서 제안을 받았다고 들었습니다. 스폰서 제안을 받아들이는 조건으로 장소연 씨를 동화건설 메인 광고 모델로 발탁하겠다는 약속을 했다는 것도 들었고요. 모두 맞습니까?"

훅 들어온 질문에 장소연이 크게 당황했다.

그런 그녀가 신은하를 노려보았다.

신은하를 믿었기에 솔직하게 털어놓고 고민을 상담했었다.

그런데 서진우가 이 내용을 알고 있는 것으로 인해 지독한 배신감이 든 것이었다. 그리고 신은하도 당황한 기색이 역력했다.

"야, 서진우. 그렇게 말하면 내 입장이 대체 뭐가 돼?"

"신은하 씨 입장이 난처해진다는 것쯤은 저도 알고 있습니다. 하지만 여배우 한 명의 인생이 달린 문제라서 다른 방법이 없었습니다."

"그래도……"

신은하에게는 일별도 주지 않은 채 자신을 계속 바라보던 서진우가 다시 입을 뗐다.

"아마 그 약속은 지켜지지 않을 겁니다."

"그걸… 서진우 씨가 어떻게 알죠?"

"제가 동화건설 손진수 대표에 대해서 잘 알거든요."

"……?"

"동화건설은 현재 부도 위기에 처해 있습니다. 동화백화점 대표 이사이자 손진수 대표의 친동생인 손진경 씨가 알려 준 정보이니까 틀리지 않을 겁니다. 그리고 동화건설은 결국 부도가 날 겁니다."

"왜 그렇게 확신하는 거죠?"

"손진수 대표가 무능하니까요. 회사가 부도 위기에 처했는데 회사를 살릴 방법을 찾기 위해서 백방으로 뛰어다니긴커녕 장소연 씨에게 스폰서 제안을 한 것이 손진수 대표가 무능한 경영인이라는 증거죠. 그리고 무능한 경영인이 이끌고 있는 한 동화건설이 부도 위기를 벗어날 가능성은 낮습니다. 아니, 없습니다."

장소연이 당혹감을 느꼈다.

동화건설이 부도 위기에 처했다는 소식은 처음 듣는 이야기였기 때문이다.

'만약 동화건설이 부도가 나면… 난 어떻게 되는 거지?'

장소연의 생각이 거기까지 미쳤을 때였다.

"동화건설이 부도가 났는데 장소연 씨가 메인 광고 모델로 발탁될 수 있을까요? 그럴 가능성은 제로입니다. 그래서 아까 손진수 대표가 했던 약속은 지켜지지 않을 거라고 말했던 겁니다."

서진우가 속내를 읽은 것처럼 상황을 설명해 주었다.

'다행이다!'

그 설명을 모두 듣고서 장소연이 안도했다.

만약 서진우를 만나서 설명을 듣지 못했다면?

순진하게 지켜지지도 않을 약속을 기대하면서 손진수의 스폰서 제안을 받아들였을 터였기 때문이었다.

그래서 너무 늦지 않게 서진우를 만난 것이 무척 다행이라고 장소연이 판단했을 때였다.

"그래도 받아들이세요."

서진우가 조언했다.

"나더러… 스폰서 제안을 받아들이란 건가요?"

"네, 맞습니다."

장소연이 황당한 표정을 지었다.

방금 서진우는 본인 입으로 손진수 대표가 했던 약속이 지켜지지 않을 것이라고 확신하며 말했다.

그런데 스폰서 제안을 받아들이라고 조언하니 어찌 황당하지 않을 수 있을까.

"내가 미쳤어요? 그 제안을 받아들이게?"

장소연이 매섭게 쏘아붙였을 때, 서진우가 입을 뗐다.

"진짜 받아들이라는 게 아닙니다."

"……?"

"받아들이는 척만 하라는 겁니다."

           *   *   *

장소연은 입맛이 없다며 먼저 일어나서 떠났다.

'입맛이 있을 리가 없지!'

난 그녀의 심정을 충분히 이해했다.

지금 어떤 선택을 내리느냐에 따라서 여배우 장소연, 그리고 인간 장소연의 향후 인생행로는 백팔십도 달라질 것이었다.

그런 상황인데 밥이 제대로 넘어갈 리 없었다.

나 역시 입맛이 없는 것은 마찬가지다.

장소연이 어떤 선택을 내리느냐에 따라서 날 둘러싼 주변 상황이 많이 달라지게 되기 때문이었다.

그래서 안주로 나온 도미회에는 손도 대지 않고 술잔을 비우고 채우기를 반복하고 있을 때였다.

"서진우 씨, 장소연 씨가 제안을 받아들일까요?"

신대섭이 굳은 표정으로 질문했다.

"아마 받아들일 겁니다."

"왜 그렇게 생각하는 겁니까?"

"신대섭 씨 때문입니다."

"저요?"

"네, 신대섭 씨의 평판이 워낙 좋거든요."

오늘 장소연을 만나는 자리에 신대섭을 동석시킨 데는 나름의 노림수가 있었다.

손진수 대표가 제안한 스폰서 제의를 수락하든, 수락하지 않든 장소연의 입장에서는 상황이 좋지 않았다.

그 사실을 그녀도 잘 알고 있을 터.

그런 그녀는 현재 절망에 빠져 있을 것이었다. 그리고 절망에 빠진 사람에게 가장 절실한 것은··· 희망이었다.

"제가 장소연 씨에게 도움을 드릴 수 있을 것 같습니다."

그리고 신대섭은 대화 말미에 장소연에게 희망을 보여 주었다.

이것이 내가 장소연이 제안을 거절하지 못할 거라고 판단한 이유였다.

그때, 신은하가 손으로 술잔을 매만지며 입을 뗐다.

"진우야, 하나 궁금한 게 있어."

"뭐가 알고 싶은데요?"

"왜 이렇게 열정적으로 나서는 거야?"

신은하가 두 눈을 빛내며 질문했다.

장소연은 '블루윈드' 소속 배우가 아니라 '스타파워' 소속 배우다.

그런데 내가 끼어들어서 그녀를 열심히 도우려는 이유에 대해서 신은하는 의문을 품고 질문하는 것이었다.

'하여간 부담스러워.'

의미심장한 시선을 던지는 신은하의 시선이 부담스럽다는 생각을 하며 내가 대답했다.

"이강희 씨 때와 비슷한 이유입니다."

"……?"

"한 여배우, 또 한 여자의 인생이 달린 문제이니까요."

"진짜… 그 이유가 다야?"

"네."

"원래 이렇게 다정한 성격은 아니었던 것 같은데?"

"저에 대해 아직 잘 모르시는군요."

"이상하네."

"또 뭐가요?"

"그런데 왜 나한테는 다정하게 대해 주지 않는 거야?"

'당신이 회귀자니까.'

내가 속내와는 다른 대답을 꺼냈다.

"이 정도면 다정하게 대하고 있는 편입니다만."

여전히 부담스럽게 느껴지는 신은하의 시선을 피하기 위해서 내가 신대섭에게 고개를 돌리며 말했다.

"'스타파워'가 무너질 경우를 대비해서 소속 배우들 중 일부를 '블루윈드'로 영입할 준비를 해 주십시오."

*　　　　*　　　　*

딥인사이드 엔터테인먼트.

"일이… 꼬였군."

딸칵, 딸칵.

습관처럼 큐브를 돌려서 색을 맞추며 주태준이 복잡한 머릿속 생각을 정리하기 시작했다.

"멍청한 새끼들."

양상학이 이끄는 흑곰파는 규모가 큰 조직은 아니었다.

하지만 일 처리가 깔끔한 편이었다.

그래서 주태준은 그동안 양상학을 믿고 계속 일을 맡겼었고.

당연히 이번에도 지시한 일을 깔끔하게 처리할 거라 기대했는데, 그 기대와 달리 양상학은 실패했다.

"어차피 입은 다물 거야."

주태준은 오랫동안 정재계 고위 인사들에게 여자 연예인들을 상납하는 일을 해 왔다.

그 과정에서 정재계 고위 인사들과 친분이 쌓였고. 그들과의 친분은 막강한 권력이 되어 돌아왔다.

양상학이 그 사실을 모르지 않을 터.

특수 폭행 혐의로 검거된 양상학의 입에서 자신의 이름이 흘러나올 가능성은 낮았다.

"블루윈드."

잠시 후, 주태준이 슬쩍 미간을 찌푸리며 혼잣말을 꺼냈다.

이강희 건도 그랬고, 이번 일도 마찬가지였다.

'블루윈드'와 관련된 일에 손을 댈 때마다 일이 꼬이고 있었다.

"누군가 있다."

신대섭은 평판도 좋고 능력도 있는 자였다.

하지만 머리가 좋은 편은 아니었다.

그래서 신대섭의 뒤에 누군가가 있을 거라고 판단하며 주태준이 담배를 꺼내서 입에 물었을 때였다.

덜컹.

기획 실장실 문이 열리고 한 남자가 들어섰다.

"주태준 씨?"

'검사?'

주태준은 그동안 수없이 많은 사람들을 만났다.

그 과정에서 자연스레 사람을 보는 안목이 생겼다.

지금 노크도 없이 집무실 안으로 들어선 은테 안경을 쓴 남자에게서는 검사 특유의 분위기가 풍겨 나왔다.

"제가 주태준인데… 누구시죠?"

"에이, 담배가 떨어졌네. 담배 하나만 빌립시다."

"그러시죠."

주태준이 흔쾌히 담배 한 개비를 꺼내서 건네며 질문했다.

"어느 지검에서 나오셨습니까?"

담배를 건네받기 위해서 손을 뻗었던 남자가 흠칫했다.

"내가 검사라는 말을 했던가?"

"안 했습니다."

"그런데 내가 검사라는 걸 어떻게 알았지?"

"제가 어쩌다 보니 검사분들을 많이 알고 있습니다. 그리고 검사분들한테서는 특유의 냄새가 나거든요."

"이야, 앞으로 검사인 것 안 들키려면 향수 뿌리고 다녀야겠네. 그런데… 지금 검사 많이 안다고 자랑한 거야? 아니면, 협박한 거야?"

"그건 알아서 판단하시죠."

딸칵.

담배에 불을 붙인 후 주태준이 말했다.

"무단 침입을 하셨네요."

"무단 침입?"

"고소하기 전에 나가시죠."

"검사한테 고소를 하겠다? 여자 장사해서 먹고사는 포주새끼 주제에 간덩이가 아주 배 밖에 처나왔네."

남자의 이야기를 들은 주태준이 눈살을 찌푸렸다.

'나에 대해 알고 찾아왔다?'

비로소 상황이 가볍지 않음을 알아챈 주태준이 자세를 고쳐앉으며 입을 뗐다.

"통성명부터 하시죠."

"뭐, 그러지. 서부지검 평검사 조동재야."

"딥인사이드 엔터테인먼트 기획 실장 주태준입니다."

"내가 그것도 모르고 여기까지 찾아왔을까?"

조동재가 픽 웃으며 덧붙였다.

"아까 무단 침입으로 고소하겠다고 말했지? 내가 무단 침입이라고 확신하는 걸 보니까 양상학을 어지간히 믿는가 보구만."

"저는 사람 안 믿습니다."

"그래? 그럼 뭘 믿고 그리 자신만만한 거야?"

"상황을 믿습니다."

"상황?"

"양상학이란 사람이 누군지 모릅니다. 그리고 설령 안다고 해도… 달라질 건 없습니다. 양상학이 입을 열 수 있는 상황이 아니거든요."

"이 새끼, 패기 보소."

"패기가 아니라 확신입니다."

조동재의 말을 정정해 준 주태준이 부탁했다.

"통성명도 마쳤겠다. 간 보러 찾아오신 것 같은데 이제 간은 충분히 보신 듯하니 진짜 고소하기 전에 나가 주시죠."

"하, 이 새끼. 귓구멍이 처막혔네."

"……?"

"무단 침입 아니라니까. 보자. 이걸 어디 뒀더라?"

조동재가 주머니를 뒤지기 시작했다.

잠시 후, 그가 바지 뒷주머니에서 꼬깃꼬깃하게 접힌 종이를 꺼냈다.

"찾았다. 이거 확인해 봐."

"뭡니까?"

"무단 침입이 아니라는 증거."

조동재가 앞으로 내밀고 있는 꼬깃꼬깃하게 접힌 종이를 주태준이 펼쳤다.

'압수 수색 영장?'

종이의 정체가 압수 수색 영장이라는 것을 확인한 주태준의 눈꼬리에 경련이 일었다.

'이 새끼가… 돌았나?'

압수 수색 영장을 확인한 후 가장 먼저 떠오른 것은 양상학이었다.

양상학이 검사 앞에서 입을 열었기 때문에 압수 수색 영장이 발부된 것이란 생각이 들어서였다.

'방심했어!'

잠시 후 주태준이 자책했다.

자신이 쌓은 권력과 뒷배를 과신했다.

그래서 압수 수색 영장을 들고 찾아온 조동재로 인해 주태준을 당혹스러움을 느꼈다.

그간 거래한 내역이 모두 적혀 있는 장부를 미처 빼돌리지 못했기 때문이었다.

장부를 숨겨 둔 위치는 금고.

'아차!'

액자 뒤편에 마련한 금고 쪽을 향해 무심코 시선을 던졌던 주태준이 이내 자신의 실수를 깨달았다.

아까부터 조동재가 자신을 유심히 관찰하고 있다는 것을 뒤늦게 알아챘기 때문이었다.

"포주 짓 해서 돈 많이 벌었나 보네."

그때 조동재가 웃으며 덧붙였다.

"벽에 걸려 있는 그림 말이야. 아주 비싸고 좋아 보이네."

*　　　*　　　*

장소연이 입술을 지그시 깨물었다.

"어때? 집은 마음에 들어?"

손진수가 준비한 오피스텔은 무척 넓었다. 그리고 고급스러운 집기들이 오피스텔 내부를 꽉 채우고 있었다.

평소였다면 집 구경에 흥미를 느꼈으리라.

그러나 오늘은 달랐다.

잔뜩 긴장한 탓에 오피스텔의 구조와 내부를 채우고 있는 집기들, 그리고 창밖으로 보이는 서울의 야경은 그녀의 눈에 제대로 들어오지도 않았다.

"…좋네요."

대충 대답한 장소연이 손진수를 살폈다.

사진을 통해 보았던 손진수와 실제로 만난 손진수는 달랐다.

사진에서는 젠틀한 이미지였는데, 직접 만난 손진수의 눈빛은 음흉했다. 그리고 사진보다 더 두툼한 볼살에는 기름기가 줄줄 흐르고 있었었다.

그리고 가장 다른 점은 두 눈에 깃들어 있는 욕정이란 감정.

"TV로 볼 때보다 더 말랐네."

손진수가 비릿한 웃음을 지은 채 가까이 다가오라고 손짓했다.

"빨리 시작하지."

욕정을 참기 힘든 듯 손진수는 서둘렀다.

예고도 없이 티셔츠 안으로 손진수의 손이 훅 들어왔다. 그리고 손진수의 두툼하고 투박한 손이 몸에 닿은 순간, 장소연은 온몸에 소름이 돋는 느낌이었다.

비명을 지르고 싶은 것을 꾹 참았다.

또 정신이 아득해지려는 것을 필사적으로 참으며 장소연이 손진수의 팔을 붙잡았다.

"사장님."

"왜?"

"와인 한 잔… 마시고 해요."

"아, 내가 너무 서둘렀나? 사과하지."

다행히 손진수가 티셔츠 속으로 밀어 넣었던 손을 다시 뺐다.

안도의 한숨을 내쉰 장소연이 와인병과 잔이 놓인 탁자 앞으로 다가갔다.

"비싼 와인이라서 맛이 괜찮아."

'어차피 관심도 없으면서.'

손진수는 비싼 와인이라는 것을 강조했다.

하지만 장소연은 이미 욕정의 노예가 돼 버린 그가 와인을 마시는 데는 관심이 없다는 것을 꿰뚫어 보고 있었다.

"사장님, 제가 처음이세요?"

"응?"

"스폰서 해 주시는 것 말이에요."

"그건 왜 묻는 거야?"

"여자로서 궁금해서요."

"솔직한 대답을 원해? 아니면, 마음에 드는 대답을 원해?"

"그냥 솔직하게 대답해 주세요."

"네가 세 번째야."

"……."

"처음이 아니라서 서운한가 보네. 그럼 그냥 처음이라고 대답할 걸 그랬나?"

껄껄 웃던 손진수가 와인 잔을 단숨에 비웠다.

"난 다 마셨어."

"네? 네."

"너도 어서 다 마시고 시작하자고."

손진수가 재촉했지만, 장소연은 서두르지 않고 다시 입을 뗐다.

"하나만 더요."

"또 뭔데?"

"약속은 지키실 거죠?"

"약속? 아, 우리 회사 광고 모델로 발탁한다고 했던 것? 걱정할 것 없어. 이민호 대표한테 벌써 계약서 건네줬으니까."

'거짓말!'

만약 서진우를 만나지 않았다면?

장소연은 순진하게 저 말을 믿고 몸을 허락했으리라.

그러나 지금은 믿지 않는다.

"시작하시죠."

"응? 그래. 시작해야지."

"옷 벗게 잠시만 돌아서 계세요."

"알았어. 알았어."

손진수가 돌아선 순간, 장소연이 문자 메시지를 보냈다.

—지금.

그 문자 메시지를 보내고 난 후 장소연이 티셔츠를 벗었다.

샤사삭.

"다 벗었어?"

"아직이요."

딩동.

그때 벨 소리가 울렸다.

"누구야?"

"제가 배달 음식 좀 시켰어요. 끝나고 나면 허기가 질 것 같아서요."

"흐흐. 얼마나 열심히 할지 벌써 기대되는구만."

손진수가 음흉하게 웃으며 현관문 앞으로 다가갔다. 그리고 그가 문을 연 순간, 장소연이 브래지어를 풀었다.

찰칵.

사진이 찍히기 전에 연출하기 위함이었다.

"너희 뭐야?"

"서부지검 조동재 검사입니다."

"서부지검?"

"성매매 혐의 현행범으로 긴급 체포 합니다."

"성매매라니? 지금 무슨 헛소리를 하는 거야?"

"헛소리라. 그럼 저 여성분은 왜 옷을 벗고 있는 겁니까?"

"누가 옷을 벗었다고……?"

버럭 소리를 지르던 손진수가 도중에 입을 다물었다.

상의를 모두 벗은 채 뒤로 돌아서 있는 장소연의 모습을 뒤늦게 발견했기 때문이리라.

"너, 왜 옷을 벗고 있는 거야?"

"아까 빨리 벗으라고 하셨잖아요."

장소연이 힘겹게 수치심을 밀어내며 대답하기 무섭게 손진수가 버럭 소리를 질렀다.

"야, 이 닭대가리만도 못한 년아. 지금 분위기 파악이 안 돼?"

'분위기 파악은 이미 다 하고 있거든.'

장소연이 속으로 소리쳤다.

이번 일을 꾸며서 손진수를 함정에 빠뜨린 것이 자신이었다.

당연히 지금 돌아가는 상황을 파악하지 못하고 있을 리 없었다.

그럼에도 불구하고 장소연은 반박하지 않고 움츠린 채 가늘게 어깨를 떨었다.

'카메라 없는 곳에서 연기를 하게 될 줄은 몰랐네.'

장소연이 짤막한 한숨을 내쉬었을 때였다.

"동화건설 손진수 대표님, 맞으시죠? 명색이 대기업 대표님이신데 우리 폭언은 하지 맙시다. 품위 없어 보이니까."

"……."

"그런데 두 분은 어떤 사이신가요?"

조동재 검사가 질문했다.

"보면 몰라? 사귀는 사이지."

손진수가 대답하자, 조동재가 다시 질문했다.

"보자. 내가 알기로 손진수 대표님은 이미 결혼하신 걸로 알고 있는데 사모님은 아니신 것 같고. 그럼 불륜?"

"새끼야, 내가 연애를 하든 말든 네가 무슨 상관이야?"

"그러니까… 연애 상대다?"

"그래."

"좀 이상한데요."

손진수가 시인하자마자, 조동재 검사가 의구심을 품었다.

"뭐가 이상하단 거야?"

"제 직업이 의심하는 직업이라서 그런지 납득이 안 가는 점들이 한둘이 아니거든요. 저렇게 젊고 아름다운 여성분이 뭐가 아쉬워서 배도 툭 튀어나오고, 머리도 벗겨지기 시작한 손진수 대표님과 사귀는 겁니까? 저한테도 비법 좀 알려 주시죠."

"뭐?"

"돈입니까?"

"이 새끼가 아까부터……."

"새끼가 아니라 검사야, 이 대표 새끼야."

"……."

"그리고 돈도 별로 없잖아? 소문 들어 보니까 동화건설 곧 망한다고 했으니까 개털 맞잖아?"

"망하긴 누가 망한다는 거야? 어떤 개새끼가 그런 헛소리를 지껄이는 거야?"

손진수가 당황한 목소리로 버럭 소리친 순간, 장소연이 입을 뗐다.

"아니에요."

그리고 조동재 검사는 그 말을 놓치지 않았다.

"방금 뭐라고 하셨습니까?"

"아니라고 했어요."

"동화건설이 안 망한다는 겁니까? 아니면, 손진수 대표와 연인 사이가 아니라는 겁니까?"

"연인 사이 아닙니다."

"그럼 두 분은 어떤 사이시죠?"

"어떤 사이랄 것도 없어요. 오늘 처음 만났으니까."

"오늘 처음 만났다고요? 그럼… 두 분 진술이 엇갈리는 상황이네요."

"저 사람이 거짓말을 하는 거예요."

장소연이 말을 막 마친 순간, 뒷덜미에 충격이 가해졌다.

"야, 이 멍청한 년아. 입 닥치고 있지 못해?"

손진수가 다가와 소리치며 뒷덜미를 주먹으로 때렸고, 충격을 이기지 못한 장소연이 쓰러졌을 때였다.

"검사 앞에서 주먹질을 해? 그것도 여자를 때려? 이 대표 새끼야. 폭행 현행범으로 체포할 거니까 빨리 변호사한테 연락해."

*   *   *

호텔 라운지 바.

손진경이 혼자 위스키를 마시고 있을 때였다.

"고민이 있으신가 보네요."

한 남자가 다가와 허락도 구하지 않고 비어 있던 옆자리에 털썩 앉았다.

그 남자의 얼굴을 확인한 손진경이 놀란 표정을 지었다.

"서 이사!"

"왜 그렇게 놀라십니까?"

"내가 여기 있는 건 어떻게 알았어?"

"술 마시고 싶어서 우연히 찾아왔다가 손 대표님을 발견한 거라고 대답하면 당연히 안 믿으시겠죠?"

"응."

"비서분한테 전화했더니 여기 계실 거라고 알려 주시더군요."

"그랬구나."

예고도 없이 갑자기 등장한 서진우로 인해 처음에는 놀랐었는데.

놀람이 어느 정도 가시자 반가움이 밀려들었다.

"혼자 마시기 적적했는데 마침 잘 왔네."

"환영해 주셔서 감사합니다."

"그런데 무슨 일로 찾아왔어?"

위스키 병을 들어 서진우의 잔을 채워주며 손진경이 물었다.

"결정을 내리는 게 쉽지 않으시죠?"

"응? 응."

"그래서 손 대표님이 결정을 내리기 좀 쉽게 만들어 드리기 위해서 찾아왔습니다."

"어떻게?"

"아버님을 만나고 싶습니다."

"우리 아빠를 만나고 싶다고? 왜 만나려는 건데?"

"딜을 좀 해 볼까 해서요."

손진경이 깜짝 놀란 표정으로 서진우를 바라보았다.

"아빠를 만나서 거래를 하겠다고?"

"네."

"무슨 거래를 할 건데?"

"동화그룹을 걸고 딜을 할 겁니다."

손진경의 말문이 일순 막혔다.

서진우의 배포에 감탄해서가 아니었다.

너무 황당한 이야기였기 때문에 대꾸할 말을 일순 잃어버린 것이었다.

"서 이사, 대체 무슨 일을 꾸미고 있는 거야?"

"아직은 말씀드릴 수 없습니다. 다만 한 가지는 말씀드릴 수 있습니다. 제가 손진수 대표보다는 손진경 대표님을 훨씬 더 좋아한다는 것 말입니다."

"……?"

"절대 손 대표님에게 해가 되는 일을 하지는 않을 거란 뜻입니다. 우리는 동업자이니까요."

'동업자라.'

손진경이 동업자란 단어를 속으로 되뇌었다.

무척 마음에 드는 표현이란 생각을 하면서 손진경이 서진우를 바라보았다.

여전히 서진우가 어떤 일을 꾸미고 있는지는 알지 못했다.

그렇지만 벌써 묘한 기대감이 생겼다.

서진우라면 이 난관을 타개할 방법을 찾아냈을 거라는 믿음이랄까.

"내게 아빠를 만날 수 있는 자리를 마련해 달라는 거지?"

"네. 몸만 나오시면 된다고 전해 주십시오."

서진우가 위스키를 한 모금 마신 후 웃으며 덧붙였다.

"밥은 제가 사겠습니다."

                    *   *   *

　서부지검 근처 갈매기살 전문점.

　이청솔이 안으로 들어서는 것을 확인한 내가 자리에서 일
어섰다.

　"선배님, 오셨습니까?"

　"그래, 넌 여기 왜 왔어?"

　천태범을 발견한 이청솔이 반가운 표정으로 물었다.

　"일하러 왔수다."

　"일?"

　"나도 밥값은 해야 할 것 아니오?"

　천태범이 퉁명스레 대답한 후 다시 입을 뗐다.

　"잘난 차장 검사님, 여기 기억합니까?"

　"무슨 소리야?"

　"내가 평검사로 처음 임용됐을 때 잘난 부장 검사가 여기서
고기를 사 줬소."

　"그 잘난 부장 검사가 나야?"

　"내 상사인 부장 검사는 딱 한 명뿐이었소."

　"……."

　"그리고 그날 잘난 부장 검사가 만취해서는 평검사들 앞에
서 일장 연설을 늘어놓았소. 검사는 소신이 있어야 한다.
권력에 굴복하면 안 된다. 권력에 굴복하는 순간, 검사복 벗어

야 한다고."

"내가… 그런 말을 했었나?"

"이봐. 본인이 한 말을 기억도 못 하네. 그 말 때문에 검사복 벗은 사람도 있는데. 그런데 그 말을 했던 장본인인 잘난 부장 검사는 검사복 안 벗고 잘난 차장 검사로 승진해서 내 앞에 나타나셨네."

'또 시작하셨네.'

이청솔과 천태범이 어김없이 설전을 벌이기 시작했다.

"여기 왜 왔어? 그냥 가."

"일하러 왔다고 했잖수? 못 가, 아니, 안 가."

"너, 진짜 하고 싶은 말이 뭐야?"

"이번에도 권력 앞에 굴복하는지 두 눈 부릅뜨고 감시하려고 왔수다."

"새끼, 눈치는 참 빨라."

"와, 이젠 눈치도 안 보려고 하네."

"차장 검사씩이나 됐는데 누구 눈치를 보란 거야?"

"잘난 부장 검사일 때 그렇게 했으면 좀 좋아?"

"어따, 새끼 말 참 많다."

이청솔이 쓰게 웃으며 소주병을 들어 올렸다.

"진짜 권력 앞에 굴복하려나 보네."

"굴복이 아니라 타협이라고 하는 거야."

천태범의 표현을 정정하며 그의 잔을 먼저 채워 준 이청솔이 다음으로 내가 들어 올린 잔을 채워 주었다.

그런 그에게 내가 질문했다.

"압수 수색 영장은 나왔습니까?"

"후배가 꼼꼼하게 녹음을 잘해 둔 덕분에 압수 수색 영장을 발부받을 수 있었지."

양상학은 검거된 후 취조 과정에서 줄곧 주태준의 지시를 받았다는 사실을 부인했다.

그러나 난 이런 상황을 미리 예측했다.

그래서 식당 주방에서 양상학과 대화를 나눌 당시, 휴대 전화로 녹음을 해 두었다. 그리고 그 녹취본이 증거로 인정되어 법원에서 주태준이 근무하는 딥인사이드 엔터테인먼트 압수 수색 영장을 발부받을 수 있었던 것이었다.

"어떻게 됐습니까?"

"장부 확보했다."

"정말입니까?"

"그래, 누구와는 다르게 똘똘하고 일 잘하는 평검사가 하나 있거든. 조동재라고 일 처리가 딱 부러져. 그놈이 장부 확보해 왔어."

'뒤끝 있어.'

조동재와 비교하며 천태범을 디스한 이청솔은 난감한 표정을 짓고 있었다.

그리고 난 눈치가 빨랐다.

'확보한 장부 속에 거물이 포함돼 있구나.'

이청솔이 난감한 표정을 짓고 있는 이유를 간파한 내가 물었다.

"지난번처럼 하시죠."

"지난번처럼이라면… 선택적 조지기를 하자는 뜻이지?"

"아까 선배님이 사용하신 표현대로라면 타협을 하자는 뜻이죠."

내가 싱긋 웃으며 대답하자, 이청솔의 표정이 한결 편안해졌다.

반면 천태범은 광분했고.

"잘난 차장 검사야 원래 천성이 그렇다고 쳐도 서 이사는 아직 젊잖아. 젊은 사람이 이러면 안 되지. 실망이 이만저만이 아냐."

"저도 정의감 있습니다."

"그런데?"

"참고 기다릴 뿐이죠."

"뭘 참고 기다린다는 거야?"

"군자의 복수는 십 년도 길지 않다는 말, 모르십니까?"

"여기서 군자가 갑자기 왜 나와?"

"대청소를 하려면 힘이 있어야 할 것 아닙니까? 선배님이 검찰총장 정도는 돼야 그 정도 힘이 생길 거라고 판단해서 참고 기다리는 중입니다."

"역시 우리 후배는 똑똑해."

검찰총장이 될 수도 있다는 희망에 들뜬 걸까.

이청솔은 흐뭇한 웃음을 짓고 있었다.

반면 천태범은 여전히 불만을 드러냈다.

"그놈의 선후배 타령 지겹지도 않습니까? 하여간 대한민국의 병폐는 학연이야. 한국대 안 나온 사람들은 어디 서러워서 살겠나?"

이청솔을 향해 쏘아붙인 천태범이 내게 고개를 돌렸다.

"그리고 서 이사, 잡초는 바로바로 제거해야 하는 법이야. 그냥 내버려 두면 금세 잡초들이 자라서 일 년 농사를 망치게 된다고."

"사람마다 의견은 다른 법이죠."

"하지만……."

"서로 의견이 다르더라도 존중해야 하지 않겠습니까? 그게 민주주의 원칙이니까요."

"민주주의는 또 여기서 왜 나와?"

"민주주의가 마음에 안 드시나 보네요. 그럼 제가 상사라는 것을 잊으시면 안 됩니다."

"쩝."

내가 상사라는 점을 강조하자, JK미디어 법무 팀에 몸이 매인 천태범은 말문이 막힌 듯 입맛만 다셨다.

"직장인의 비애란 게 이런 거구만."

그런 천태범을 신기하게 바라보며 이청솔이 덧붙였다.

"쯧쯧, 이런 꼴 안 보려면 검사복 벗지 말았어야지."

"검사복 벗게 만든 사람이 누군데 그딴 소릴 하는 거요?"

가만히 내버려 두면 계속 설전을 벌일 것 같아서 내가 끼어들었다.

"일단 약점은 확보해 두시죠."

"응? 당연히 그래야지."

이청솔은 눈치가 빨랐다.

장부 속에 이름이 등장한 정재계의 거물들을 당장 잡아넣을 순 없었다.

자칫 잘못했다가는 역풍을 맞을 수도 있어서였다.

하지만 장부 원본을 손에 쥐고 있으면 훗날에 요긴하게 사용할 수 있다.

이런 내 말뜻을 이청솔은 빠르게 이해하고 대답한 것이었다.

"그럼 이제 다음 순서는 선택을 하는 것이네요."

"그런 셈이지."

명단에서 선택적 조지기를 할 자들을 추리는 것이 다음 할 일이었다.

천천히 고개를 끄덕이는 이청솔에게 내가 부탁했다.

"동화건설 손진수 대표는 잠시만 보류해 주시죠."

$$*\qquad\qquad*\qquad\qquad*$$

한정식집 '객주'.

세단 뒷좌석에 깊숙이 등을 묻고 있던 손태백이 창문을 내렸다.

서울을 벗어나서인지 공기는 청량했다.

그 청량한 공기를 폐부에 가득 채우자 가라앉아 있던 손태백의 기분을 한결 낫게 만들었다.

'어떤 놈일까?'

딸인 손진경은 평소 부탁을 하는 성격이 아니었다.

그런데 손진경이 찾아와서 서진우를 한번 만나 달라고 부탁했다. 그리고 손태백은 딸이 오래간만에 한 부탁을 외면하지 못했다.

'혹시… 사윗감인가?'

손진경은 서진우에 대한 정보를 일절 건네지 않았다. 그래서 어쩌면 사윗감을 선보이는 자리일 수도 있다는 생각이 퍼뜩 들었다.

'알아볼 걸 그랬나?'

만약 마음만 먹는다면 서진우에 대해 조사하는 것이 가능했다.

그렇지만 손태백은 그에 대한 조사를 지시하지 않았다.

혹시 사윗감일 수도 있으니, 어떤 선입견도 갖지 않은 채 만나고 싶어서였다.

"회장님, 도착했습니다."

그때, 기사가 약속 장소에 도착했음을 알렸다.

손태백이 차 문을 열고 내리자, 기다렸다는 듯이 한 남자가 다가왔다.

"회장님, 먼 길 오시느라 고생하셨습니다."

"날 만나자고 청한 게 자네인가?"

"네, 서진우라고 합니다."

서진우를 살피던 손태백의 두 눈에 이채가 떠올랐다.

막연히 예상했던 것보다 훨씬 앳된 외모라는 것이 손태백이 놀란 첫 번째 이유, 그리고 자신의 형형한 시선을 담담히 맞받고 있는 것이 손태백이 놀란 두 번째 이유였다.

"안으로 모시겠습니다."

"알겠네."

서진우를 직접 만난 손태백이 더욱 흥미를 느끼며 한정식 집 안으로 따라 들어갔다.

넓지도 좁지도 않은 적당한 크기의 방 안에 마주 앉자마자, 종업원들이 바로 음식을 내오기 시작했다.

"혹시 채동욱 대표를 아십니까?"

그때 서진우가 첫 번째 질문을 던졌다.

"물론 알고 있네."

채동욱은 투자 전문 회사 '밸류에셋'의 대표 이사.

직접 만난 적은 없지만, 그에 대한 이야기는 많이 들었다.

그래서 손태백이 알고 있다고 대답하자, 서진우가 다시 입을 뗐다.

"제가 채동욱 대표님과 친분이 조금 있습니다. 그래서 회장님을 만나 뵙게 됐다고 말씀드리자, 이곳을 추천해 주셨습니다. 여기 음식 맛이 괜찮다고 말씀하시더군요."

'꽤 신경 썼군.'

손태백이 흡족한 표정으로 말했다.

"채 대표가 추천했다니 벌써 기대가 되는군."

"일단 식사를 마치시고 말씀 나누시죠. 제가 듣기 거북하실 수도 있는 이야기를 드릴 예정이라 기왕이면 기분이 좋은 상태에서 들으시는 편이 좋을 것 같습니다."

"듣기 거북한 이야기?"

"네."

"뜸 들이지 말고 해 보게."

'무슨 이야기를 하려는 걸까?'

손태백이 자세를 고쳐 앉았을 때, 서진우가 입을 열었다.

"곧 경영 일선에서 손을 떼실 예정이란 이야기를 들었습니다."

"누가 그러던가? 진경이가 그리 말했나?"

"맞습니다."

"적당한 때를 봐서 경영 일선에서 손을 뗄 계획이긴 하네.

이제 공이나 치면서 쉴 때가 된 것 같거든."

"제 생각에는 은퇴 시점을 조금 앞당기는 편이 좋을 것 같습니다."

"왜 그렇게 생각하는 건가?"

"판단력이 흐려지셨거든요."

예기치 못했던 대답에 손태백이 두 눈을 가늘게 떴다.

'건방지기 짝이 없는 놈이로군.'

자신이 누군가?

국내 재계 순위 30위 안에 포함된 동화그룹을 만들고 키운 장본인이었다.

그런 자신의 앞에서 이런 이야기를 하는 것을 보고 당돌한 수준이 아니라, 아주 건방지기 짝이 없는 놈이라는 생각을 했을 때였다.

"손진수 대표를 후계자로 점찍으신 것이 제가 회장님의 판단력이 흐려졌다고 판단한 이유입니다."

서진우가 덧붙였다.

"네깟 놈이 내 아들에 대해서 뭘 안다고……."

"회장님이 모르시는 것을 알고 있죠."

"뭐?"

"손진수 대표가 장소연이라는 여배우에게 스폰서 제안을 하신 것은 알고 계십니까?"

"방금 뭐라고 했지?"

"회장님의 아들인 손진수 대표가 장소연이라는 여배우에게 스폰서 제안을 했다는 것을 알고 계시냐고 물었습니다."

"무슨 말도 안 되는 헛소리를 지껄이고……?"

"역시 모르셨군요. 제 말이 사실인가 여부는 직접 확인해 보시죠."

서진우가 미리 준비해 온 서류 봉투를 건넸다.

그 서류 봉투 속에 들어 있는 것은 몇 장의 사진들이었다.

첫 번째 사진은 드림 오피스텔 전경.

동화건설에서 시공과 분양을 맡았던 드림 오피스텔을 손태백이 알아보지 못할 리 없었다.

두 번째 사진은 아들인 손진수가 반라 상태의 여자와 함께 오피스텔 방 안에 머무르고 있는 사진이었다. 그리고 반라 상태의 여자가 며느리가 아니라는 사실을 알아보지 못할 정도로 손태백의 눈썰미가 없지는 않았다.

부들부들.

사진을 들고 있는 손태백의 손이 거세게 떨리기 시작했을 때, 서진우가 휴대 전화의 녹음 파일을 재생시켰다.

"사장님."

"제가 처음이세요?"

"응?"

"스폰서 해 주시는 것 말이에요."

"그건 왜 묻는 거야?"

"여자로서 궁금해서요."

"솔직한 대답을 원해? 아니면, 마음에 드는 대답을 원해?"

"솔직하게 대답해 주세요."

"네가 세 번째야. 왜? 처음이 아니라서 서운해? 그럼 그냥 처음이라고 대답할 걸 그랬나? 자, 난 다 마셨어. 어서 시작하자고."

"하나만 더요."

"또 뭐지?"

"약속은 지키실 거죠?"

"약속? 아, 우리 회사 광고 모델로 발탁한다고 했던 거? 걱정할 것 없어. 이민호 대표한테 벌써 계약서 건네줬으니까."

녹취록 속 목소리가 손진수의 것임을 알아챈 손태백이 손에 들고 있던 사진을 집어 던지며 소리쳤다.

"너, 뭐 하는 놈이야?"

*　　　　　*　　　　　*

'에이, 놀래라!'

손태백의 외양은 시골에서 흔히 볼 수 있는 노인과 다름없었다.

그런데 불같이 화를 낸 순간, 기세가 장난이 아니었다.

어느 정도 대비하고 있었음에도 심장이 철렁 내려앉을 뻔했을 정도였다.

'이빨 빠진 호랑이는 아니구나.'

손태백에 대한 평가를 달리하며 내가 입을 뗐다.

"정식으로 인사드리겠습니다. 한국대학교 법학과에 재학 중인 서진우라고 합니다."

"대학생… 이라고?"

"그렇습니다. 그 외에도 영화 제작을 비롯한 몇 가지 일을 하고 있습니다."

내가 지갑에서 명함을 꺼내서 건넸다.

'다르긴 다르구나.'

동화그룹은 재계 서열 30위 안에 포함되는 대기업이다.

손태백은 맨손으로 시작해서 동화그룹을 세우고 지금껏 키운 장본인.

수천 명의 직원, 그리고 직원의 가족들까지 포함하면 수만 명의 생계를 혼자서 책임지고 있는 기업인답게 그는 감정 조절에 능했다.

빠르게 흥분을 가라앉힌 후 날카로운 시선으로 명함과 날 관찰하는 손태백에게 내심 감탄하고 있을 때였다.

"우리 진경이와는 어떤 사이인가?"

"동업자입니다."

"동업자? 자네가 진경이와 동업을 한다고?"

"그렇습니다. 제가 JK미디어 지분의 절반을 갖고 있습니다."

"어떻게 진경이를 구워삶았지?"

"무슨 뜻입니까?"

"어떤 감언이설로 진경이를 꼬드겨서 동업을 하게 됐느냐고 물은 거야."

"오해이십니다."

"오해? 내가 무슨 오해를 했다는 거지?"

"동업을 하자고 먼저 제안했던 것 사람은 제가 아니라 손진경 대표님이었습니다."

"우리 진경이가 일개 대학생에 불과한 자네에게 먼저 동업을 제안했다고?"

"네, 제가 사업 감각이 꽤 있는 편이거든요. 동화백화점에서 운용하고 있는 VIP 고객 전담 팀과 명품관은 제가 드린 조언을 손진경 대표님이 받아들여서 설치된 겁니다."

내가 대답을 마치자 날 바라보는 손태백의 시선이 바뀌어 있었다.

백화점 업계 최초로 도입한 VIP 고객 전담 팀과 명품관 덕분에 동화백화점 매출이 크게 상승했다는 사실을 알고 있기 때문이리라.

'뭐, 없는 말을 한 건 아니니까.'

내가 속으로 생각하며 덧붙였다.

"이제 아까 하던 이야기로 돌아가도 되겠습니까?"

"그리… 하게."

"손진경 대표님에게 동화건설이 부도 위기에 처했다는 이야기를 전해 들었습니다. 맞습니까?"

"건설 상황이 좋지 않은 건 사실이지."

"제가 만약 동화건설의 오너였다면, 어떻게든 부도를 막고 회사를 살릴 방법을 찾기 위해서 백방으로 뛰어다니기 바빴을 겁니다. 그런데 손진수 대표는 한가하게 여배우에게 스폰서 제안을 했습니다."

손진수는 잘났던 못났던 손태백의 자식.

그리고 남이 자식을 욕하는데 기분 좋은 부모는 없다.

그것은 손태백도 마찬가지였다.

손진수의 한심하기 짝이 없는 행태에 대해서 언급하자, 손태백의 미간은 잔뜩 찌푸려져 있었다.

하지만 난 손태백의 반응에 개의치 않고 이야기를 이어 나갔다.

"그런데 회장님께서는 동화백화점을 매각해서라도 동화건설을 살리기를 원하고 계신다고 들었습니다. 이것도 맞습니까?"

"맞네."

"이게 제가 아까 회장님의 판단력이 흐려졌다고 말씀드린 이유 중 하나입니다."

"내 선택이 틀렸다는 건가?"

"네, 저라면 캐시카우나 다름없는 동화백화점을 매각해서 오너 리스크를 안고 있는 동화건설을 살리는 우를 범하지 않을 겁니다."

"……."

"저 혼자만의 의견이 아닙니다. 채동욱 대표님도 같은 의견이었습니다."

'이름 좀 팔겠습니다.'

방금 내가 한 말은 거짓말이다.

채동욱은 이런 의견을 제시한 적이 없었으니까.

그럼에도 불구하고 내가 채동욱의 이름을 언급한 것은 그동안 그가 쌓은 명성을 이용하기 위함이다.

'확실히 효과가 있네.'

손태백은 화를 내는 대신 팔짱을 낀 채 고민에 잠겨 있었다.

그런 그의 결정을 돕기 위해서 내가 다시 입을 뗐다.

"동화건설은 법정 관리 절차를 밟는 것이 맞습니다. 그리고 기업 회생 절차를 밟을 수 있는 기회도 얼마 남지 않았습니다."

"왜 기회가 없다는 것인가?"

"IMF 구제 금융 사태가 터지고 나면, 대한민국 정부가 나서서 도움을 줄 여력조차 사라지거든요."

법정 관리는 기업이 사업을 계속할 만한 가치가 있지만, 부채를 영업 이익으로 충분히 감당할 수 없을 경우에 채무의 일부를 탕감하거나 주식으로 전환하는 등 부채를 조정해 기업이 회생할 수 있는 발판을 마련해 주는 것을 말한다.

기업이 사업을 계속할 경우의 가치가 사업을 청산할 경우보다 크다고 인정되면 법원이 인가해서 법정 관리가 시작된다.

즉, 기업의 법정 관리 여부를 결정하는 주체는 법원이란 뜻이다.

하지만 1990년대에는 정부의 입김이 사법부의 판단에 강하게 반영된다.

그래서 IMF 구제 금융 사태가 터지기 전에 동화건설의 법정 관리를 신청하는 편이 유리하다고 조언한 것이고.

"아까 영화를 제작하는 일도 한다고 했었지?"

"그렇습니다."

"혹시… 'IMF'라는 영화를 자네가 제작했나?"

"제가 제작했고, 시나리오도 직접 썼습니다."

'다행히 봤나 보네.'

손태백의 놀라는 반응을 통해서 그가 영화를 봤다는 사실을 캐치한 내가 서둘러 덧붙였다.

"혹시 함유석 교수님을 아십니까?"

"알고 있네."

"'IMF' 시나리오를 집필할 때, 함유석 교수님이 자문을 해 주셨습니다. 그리고 함 교수님은 머잖아 대한민국 정부가 국제 통화 기금에 구제 금융을 신청하는 사태가 발생할 것이란 확신을 갖고 계셨습니다."

함유석의 명성과 영향력.

절대 채동욱에 뒤지지 않는다.

손태백의 표정이 무척 심각해진 것이 함유석의 명성과 영향력이 크다는 증거다.

"자네 말은… 진수가 아니라 진경이에게 동화그룹을 물려주는 것이 옳다는 뜻인가?"

"제 생각은 그렇습니다. 하지만 저는 결국 삼자에 불과합니다. 후계자를 결정하는 것은 회장님의 몫이죠. 다만……."

"다만 뭔가?"

"손진경 대표님에게도 공평한 기회를 주십시오."

"난 이미 공평한 기회를 줬네."

"제가 보기에는 공평한 기회가 아니었습니다."

"……?"

"동화백화점을 매각해서 부도 위기에 처한 동화건설을 살리려는 것이 공평한 기회를 준 것이 아니라는 증거라고 생각합니다."

"흐음, 그럼 어떻게 하란 말인가?"

"1년 후에 더 나은 경영 능력을 보여준 자제분에게 동화그룹을 물려주십시오. 공증도 해서 증거도 남기시고요. 그 정도면 공평하다고 생각합니다."

손태백은 바로 대답하지 않고 고민에 잠겼다.

그런 그가 차갑게 식어 버린 녹차를 한 모금 마신 후 입을 뗐다.

"그렇게 해서 내가 얻을 수 있는 건 뭐가 있나?"

'괜히 성공한 게 아니네.'

내가 속으로 혀를 내둘렀다.

이런 상황에도 거래를 시도하면서 내게 뭔가를 얻어 내려는 것이 손태백이 뛰어난 장사꾼이라는 반증이었다.

"공정한 경쟁이 되도록 돕겠습니다."

"어떻게 돕는단 말인가?"

"손진수 대표가 연예인 스폰서 혐의로 검찰청과 법원에 쫓아다니느라 시간을 뺏기면 공정한 경쟁이 되지 않을 것 아닙니까?"

"사건을 무마해 주겠다?"

"네."

"일개 대학생에 불과한 자네에게 그럴 능력이 있나?"

"한국대학교 법학과 선후배 관계가 끈끈한 편입니다. 스폰서 사건 수사를 지휘하고 계신 차장 검사님이 한국대학교 법학과 선배이시고, 저와 친분이 깊습니다."

"그럼 공정한 경쟁이 될 수 있겠군."

손태백은 내 제안을 수락했다. 그리고 그는 공정한 경쟁이 될 수 있을 거라 말했지만, 난 생각이 다르다.

'기울어진 운동장에서 공을 차는 거나 마찬가지야.'

이 경쟁은 손진경이 훨씬 유리하다.

그 이유는 회귀자인 내가 곁에서 그녀를 도울 것이기 때문이다.

그때, 손태백이 말했다.

"이제 대충 이야기가 끝난 것 같으니 밥 먹지."

"알겠습니다."

"참, 오늘 밥은 자네가 사는 거지?"

"…네."

내가 한숨을 내쉬며 속으로 생각했다.

'역시 있는 사람들이 더 무섭구나.'

*　　　　　*　　　　　*

호텔 라운지 바에서 손진경을 다시 만났다.

지난번과 장소는 같았지만, 손진경의 표정은 백팔십도 달라져 있었다.

"서 이사, 여기야."

내가 바 안으로 들어선 것을 발견하고 손을 번쩍 들어 올리는 손진경의 표정은 지난번에 비해 훨씬 밝았다.

'내가 이렇게 애를 썼다는 걸 알고 있으려나 모르겠네.'

비어 있던 그녀의 옆자리에 앉자마자 손진경이 말했다.

"어제 가족들이 모여서 함께 식사를 했어. 아버지가 식사

자리에서 동화백화점을 매각해서 동화건설을 살리는 일은 없다고 선언했어. 그리고 이번에는 정말 공평한 기회를 약속하셨어. 1년 후에 더 나은 경영 성과를 올리는 사람에게 동화그룹을 물려주겠다고 공중까지 하셨거든."

'다 내 덕분입니다.'

이렇게 생색내고 싶은 것을 간신히 참고 있을 때, 내 반응을 살피던 손진경이 물었다.

"왜 안 놀라?"

"놀랄 일이 없어서요."

"이렇게 될 것을 예측했다?"

"그런 셈이죠."

"대체 아빠를 만나서 무슨 이야기를 했던 거야? 무슨 이야기를 했길래 아빠 태도가 급변한 거야?"

"판단력이 흐려지셔서 손진수 대표보다 손진경 대표님의 능력이 더 뛰어나다는 것을 알아보지 못하는 것 같다. 그러니 빨리 은퇴하시라고 말씀드렸죠."

난 대수롭지 않게 대꾸했지만 손진경은 당황한 기색이 역력했다.

"정말 아빠 앞에서 그렇게 말했다고?"

"네."

"우리 아빠 엄청 무서운 사람인데. 안 무서웠어?"

"손진경 대표님을 위해서 나서야 한다는 마음이 공포심을 눌렀습니다."

"서 이사가 날 이렇게까지 생각하는 줄 몰랐네."

이 정도면 생색은 충분히 냈다고 판단한 내가 화제를 전환했다.

"아직 샴페인을 터뜨리기엔 이릅니다. 이제 경쟁이 막 시작된 셈이니까요."

"경쟁에서 오빠를 이겨야만 동화그룹을 물려받을 수 있다?"

"손진수 대표도 이번에는 칼을 갈고 나설 겁니다. 자칫 잘못하다가는 당연히 본인 것이라 여겼던 동화그룹을 빼앗길 수도 있다는 위기감이 생겼을 테니까요."

"그렇겠지."

손진경이 납득한 표정으로 고개를 끄덕이며 질문했다.

"무슨 좋은 방법이 없을까?"

"방법은 이미 알려 드렸습니다."

"서 이사가? 언제?"

"밥이요."

"……?"

"두정식품 M&A 건 말입니다. 설마 잊으신 겁니까?"

"안 잊었어. 다만 좀 마음에 걸리는 게 있어."

일전에 경쟁에서 승리할 수 있는 비장의 카드로 두정식품 M&A를 언급했지만, 손진경은 그다지 내켜 하는 기색이 아니었다.

"뭐가 마음에 걸리십니까?"

"독이 든 성배가 되지 않을까? 이런 우려가 자꾸 들어."

아주 일리가 없는 이야기는 아니다.

과욕을 부려서 M&A를 성사시켰다가 오히려 회사가 어려움에 처하는 케이스는 부지기수.

손진경은 그 점을 우려하고 있는 것이었다.

게다가 손태백이 제시한 기한은 1년이었다.

1년 안에 두정식품을 M&A 해서 뚜렷한 실적 상승을 기대하는 것이 가능한가?

손진경은 이런 의구심도 갖고 있는 것이었다.

'과연 가능할까?'

난 회귀자라서 미래 지식을 알고 있다.

그래서 두정식품에서 기술을 개발한 즉석 밥이 미래에 공전의 히트를 친다는 사실은 이미 알고 있다.

하지만 문제는 식품 분야가 내 전공 분야가 아니라는 점이다.

그래서 즉석 밥이 히트하는 정확한 시기까지는 모른다.

'보험을 들어 둬야겠어.'

그로 인해 고민하던 내가 떠올린 해법은 바로 보험을 들어두는 것이다.

"JK미디어도 이제 수익을 낼 때가 됐죠."

"보안이 데뷔가 임박한 거야?"

"아직 멀었습니다."

"그럼 누가 수익을 낸다는 거야?"

내가 웃으며 대답했다.

"얼마 전에 노래를 아주 잘하는 가수를 발굴했습니다."

*   *   *

두정식품 기술 개발부.

네모난 포장 용기에 담겨 있는 하얀 쌀밥을 바라보던 윤원종이 눈살을 찌푸렸다.

"상태가… 별로군."

"갓 지은 밥과 다름없는 즉석 밥을 만들자."

두정식품의 대표인 윤원종이 띄운 승부수였다.

하지만 갓 지은 밥과 다름없는 즉석 밥을 만드는 것은 쉽지 않았다.

지난 몇 년간 수억 원의 연구 개발비를 쏟아부어서 만들어 낸 결과물인 즉석 밥의 상태는 갓 지은 밥과는 거리가 멀었다.

"밥알이 깨지고 푸석해. 그리고 색도 고르지 않고."

윤기가 자르르 흐르지 않는 데다가 밥알이 깨지고 색도 고르지 않은 즉석 밥은 윤원종의 기대에 한참 미치지 못했다.

"대표님, 외양은 부족하지만, 직접 드셔 보시면 알파미를 사용해서 만들었을 때보다 훨씬 맛이 뛰어나다는 것을 아실 수 있을 겁니다."

연구 개발 팀장인 최부경이 윤원종의 표정을 살피다가 서둘러 덧붙였다.

"그러니 한번 드셔 보시죠."

"알겠네."

윤원종이 숟가락으로 즉석 밥을 퍼서 입으로 가져갔다.

'분명 맛은 나아졌어.'

최부경의 말대로였다.

급속 탈수로 건조시킨 쌀인 알파미를 사용해서 제조한 즉석 밥보다 동결 건조미를 사용해서 제조한 즉석 밥의 맛이 더 좋았다.

하지만 윤원종은 여전히 아쉬웠다.

갓 지은 쌀밥과 비교하면 손색이 있었기 때문이었다.

여전히 자신의 표정을 살피던 최부경이 작심한 표정으로 말했다.

"더 이상은 욕심이라고 생각합니다."

연구 개발 팀을 이끌고 있는 최부경의 표정이 무척 지쳐 있다는 것을 확인한 윤원종이 짤막한 한숨을 내쉬었다.

'정말 내가 욕심을 부리고 있는 건가?'

어쩌면 최부경의 말이 옳을 수도 있다는 생각이 들었다.

'여기까지가 한계인가?'

두정식품은 대기업이 아니었다.

지금까지 즉석 밥 개발을 위해서 쏟아부은 10억 가까운 연구 개발비는 분명 큰 부담으로 돌아왔다.

그로 인해 두정식품은 몇 년째 적자를 면치 못하고 있는 상태였고.

'여기서… 접어야 하나?'

조금만 더 매진한다면 더 나은 성과를 얻을 수 있다는 믿음으로 지금까지 뚝심 있게 끌고왔지만, 이제 두정식품 대표로서 어떤 결단을 내려야 할 때가 찾아왔다는 생각이 들었다.

"조금만… 더 해 보세."

그러나 이대로 포기하기에는 지금까지 들인 돈과 노력이 너무 아까웠다.

"돈은 내가 어떻게든 구해 올 테니 자네들은 연구 개발에 계속 매진해 주게."

윤원종이 연구 개발 팀 직원들에게 당부의 말을 남기고 은행으로 향했다.

*　　　　　*　　　　　*

"즉석 밥의 성공 비결은… 포장에 있어."

난 식품 분야, 그리고 화학 분야와도 거리가 먼 사람이다.

그럼에도 불구하고 내가 즉석 밥의 성공 비결이 포장에 있다는 것을 알고 있는 이유는 예전에 읽었던 기사 덕분이다.

"그 기사를 정독했던 것이 이렇게 도움이 될 줄이야."

정우푸드에 기술을 탈취당한 두정식품 대표 윤원종의 억울한 사연을 조명한 기획 기사를 작성했던 기자는 보기 드문 성실한 기자였다.

그는 즉석 밥 개발이 성공하기까지의 과정을 상세하게 기사에 첨부했다.

아마 윤원종이 맛있는 즉석 밥 개발을 위해 얼마나 열심히 노력했는가를 부각시키기 위함이었으리라.

"시작은 알파미였어."

알파미는 급속 탈수로 건조시킨 쌀이다.

뜨거운 물만 부으면 밥이 되기 때문에 주로 군인들의 전투 식량에 사용되는 것이 바로 알파미였다.

분명 편의성은 뛰어나지만, 문제는 밥맛이었다.

갓 지은 밥과 비교하면 맛의 괴리가 컸기에 윤원종은 즉석 밥 개발 과정에서 알파미를 포기했다.

"다음은 동결 건조미였고."

알파미를 포기한 윤원종이 다음으로 찾아낸 해법은 동결 건조미였다.

밥을 지어서 꽁꽁 얼린 후, 수분을 제거하는 방식.

동결 건조미를 사용해서 제조한 즉석 밥은 알파미를 사용해서 제조했던 즉석 밥보다 분명 맛이 더 뛰어났다.

하지만 단점도 존재했다.

동결 과정, 그리고 수분을 제거하는 과정에서 조직이 쉽게 부서진다는 점이었다.

그래서 밥알이 깨지는 부작용이 발생하며 형태와 영양분 함량에 문제가 발생했다.

"지금 수준이 여기까지일 거야."

두정식품 윤원종 대표가 현재 도달해 있는 기술 수준이 대충 이 정도일 것이라는 생각이 들었다.

지금도 그는 더 맛있는 즉석 밥을 만들기 위해서 여전히 연구 개발에 매진하고 있을 터.

그 과정에서 윤원종은 골머리를 앓고 있을 것이었다.

하지만 미안하게도 난 회귀자라서 이미 더 맛있는 즉석 밥을 만들 수 있는 비법을 알고 있다.

그 비법은 바로 포장이다.

일명 무균 포장법.

클린룸에서 살균한 포장재로 밥을 포장하면 동결 과정과 수분을 제거하는 과정을 거치지 않아도 된다.

그래서 조직이 부서지는 문제점을 해결할 수 있다.

그뿐이 아니다.

방부제를 사용하지 않아도 상온에서 긴 시간 보관할 수 있다는 보관상 이점에다가, 밥맛도 훨씬 더 좋아졌다.

"결국 포장 용기에서 승부가 갈리지."

내가 기억하는 것은 여기까지다.

그리고 이것은 서술에 불과하다.

무균 포장법의 개발로 즉석 밥이 완성될 수 있다는 서술.

이 서술의 이면에는 수많은 시행착오가 숨어 있다.

그리고 난 수많은 시행착오를 단숨에 뛰어넘을 수 있는 방법을 이미 알고 있다.

그래서 난 한국대학교 공과 대학으로 찾아갔다.

Chapter. 4

"오랜만이네."

공대 건물 앞에서 만난 유승아의 목소리는 싸늘했다.

'진짜 오랜만이긴 하네.'

청춘 포차에서 김창주와 함께 만났던 것이 마지막이었으니, 그사이 무려 반년 가까운 시간이 훌쩍 흘러 있었다.

'그대로네.'

그사이 유승아는 변한 게 없었다.

"저 얍실하게 생긴 새끼는 누구야?"

"공대 여신과 친한 놈이라면 공공의 적이지."

"딱 기생오라비처럼 생겼네."

"나쁜 새끼."

여전히 공대 여신의 지위를 유지하고 있었다.

'대체 왜 내가 나쁜 새끼라는 소리를 들어야 하는 거지?'

나로서는 당최 이해가 가지 않는 상황이었다.

어쨌든 공대 남학생들이 쏘아 내고 있는 적의가 가득 담긴 시선을 계속 받고 싶은 생각은 추호도 없었기에 난 서둘러 제 안했다.

"커피 한잔 사 주시죠."

"내가 왜 커피를 사야 해?"

"선배가 후배한테 커피 사 주는 건 당연한 것 아닙니까?"

"일반적인 경우라면 맞는 말이지. 하지만 진우, 넌 돈이 아 주 많은 후배잖아?"

'설마 내 뒷조사를 했나?'

유승아는 구룡그룹 유명석 회장의 막내딸.

마음만 먹으면 내 뒷조사를 하는 것은 어려운 일이 아닐 터.

'내가 SB컴퍼니 부대표라는 것을 알고 있는 건가?'

SB컴퍼니의 부대표이자 80%의 지분을 갖고 있다는 사실은 아직 숨기고 싶었다.

그래서 내가 살짝 긴장했을 때, 유승아가 덧붙였다.

"'IMF', 흥행에 성공해서 돈 많이 벌었잖아."

'모르네.'

유승아의 말처럼 'IMF'가 흥행에 성공한 덕분에 내가 6억 가까운 돈을 벌기는 했다.

하지만 SB컴퍼니 최대 지분 보유자가 되면서 벌어들인 돈에 비하면 영화 제작으로 벌어들인 돈은 새 발의 피나 다름없다.

다행히 유승아가 아직 SB컴퍼니의 존재까지는 모른다는 사실을 알아챈 내가 웃으며 말했다.

"구룡그룹 막내딸이 저보다는 더 부자가 아닐까요?"

"그 얘기 하지 마. 학교에서는 비밀이니까."

"그럼 커피 사 주시죠. 소리 질러서 알리기 전에."

"후우, 알았어. 커피 사면 되잖아."

유승아가 더 버티지 못하고 커피를 사겠다고 수락했다.

"내 차 타고 가자."

주차장에 세워진 빨간색 소나타에 탄 내가 의아한 시선을 던졌다.

"구룡그룹 자제분이 타기에는 차가 너무 검소한 것 아닙니까?"

"내 돈 아니라 아빠 돈이야. 그리고 이것도 중고차거든."

'확실히 있는 사람들이 더 무섭구나.'

내가 혀를 내두르는 사이, 차량이 출발했다.

"참, 창주 오빠는 요새 어떻게 지내고 있어?"

운전대를 잡고 있던 유승아가 김창주의 안부를 물었다.

"저도 잘 모릅니다."

내가 대답하자, 유승아가 당황한 표정을 지었다.

"진우, 네가 왜 몰라?"

"제가 꼭 알아야 합니까?"

"END ONE에 5억씩이나 투자했잖아? 그러니까 당연히 알고 있어야 하는 것 아냐?"

"알아서 잘할 겁니다."

"……?"

"한번 믿기로 했으니 끝까지 믿는 거죠."

유승아가 곁눈질로 새삼스러운 시선을 던지다가 다시 질문했다.

"그런데 갑자기 내게 연락한 이유가 뭐야?"

"선배 도움이 필요해서요."

"내 도움?"

"알아보니까 설운범 교수님이 구룡그룹 출신이더라고요."

설운범은 한국대학교 화학공학과 교수.

그는 플라스틱 합성 연구 분야의 국내 1인자였다. 그리고 설운범 교수가 구룡그룹 계열사인 구룡화학에서 임원으로 일하다가 한국대학교 교수로 임용됐다는 사실을 알게 됐기에 유승아를 찾아온 것이었다.

"혹시 선배가 한국대학교 공대에 진학한 것도 설운범 교수님과 연관이 있습니까?"

내가 혹시나 하는 생각에 질문하자, 유승아가 대답했다.

"아주 연관이 없는 건 아니지만, 아버지의 뜻이 컸어."

"유명석 회장님이요?"

"그래, 아버지는 구룡그룹의 미래가 공학 기술에 달려 있다고 판단하고 계셔. 좀 더 정확히 말하자면 반… 아니다. 어쨌든 난 아버지의 말씀에 일리가 있다고 판단했기 때문에 한국대학교 공대에 진학한 거야."

'반도체를 말하는구나.'

구룡그룹은 현재 국내 재계 서열 1위다. 그리고 2020년에도 국내 재계 서열 1위를 유지하고 있다.

차이가 있다면 지금보다 후발 주자들과 더 압도적인 격차를 벌리며 재계 서열 1위를 유지한다는 점이다.

그리고 구룡그룹이 계속 승승장구하며 세계적인 기업으로 도약하는 데 중추적인 역할을 한 것이 바로 반도체 사업이다.

'경영 감각이 뛰어나!'

1997년에 벌써 반도체 사업을 구룡그룹의 미래 먹거리 사업으로 판단하고 진출 준비를 시작하고 있다는 것이 유명석 회장의 경영 감각이 뛰어나다는 증거였다.

그때, 유승아가 질문했다.

"그런데 법대생인 진우 네가 왜 설운범 교수님을 만나려는 거야?"

"밥 때문입니다."

"밥?"

"제가 요새 즉석 밥 사업에 관심이 있거든요."

"넌 대체… 한 번에 몇 가지를 하는 거니? 공부는 언제 하는 거야?"

"공부 안 합니다."

"뭐?"

"바빠서 공부할 시간이 없네요."

내 대답을 듣고 황당한 표정을 짓던 유승아가 핸들을 꺾어서 커피 전문점 주차장으로 진입했다.

테라스에 위치한 탁자에 자리를 잡고 기다리자, 종업원이 주문한 아이스커피 두 잔을 가져다 주었다. 그리고 커피가 도착하자마자 유승아가 가방에서 담배를 꺼냈다.

"하나 줄까?"

"담배 안 피웁니다."

"모범생이네."

'모범생이라서 아니라 오래 살고 싶어서요.'

지난 생의 난 췌장암으로 거의 죽을 뻔했다. 그리고 내가 췌장암에 걸린 데는 술과 담배도 영향을 미쳤으리라.

그래서 이번 생에는 술과 담배 중 하나만 하기로 결심했고, 둘 중 내가 선택한 것은 술이었다.

딸칵.

유승아가 담배에 불을 붙인 후, 허공에 연기를 내뿜었다.

'잘 어울리네.'

그리고 유승아가 담배를 피우는 모습이 무척 잘 어울린다는 생각을 하며 내가 물었다.

"담배 피우는 줄 몰랐습니다."

"잘 안 피워. 공부나 연구를 하다가 스트레스를 받을 때만 한 대씩 피워."

"지금은 공부나 연구를 하는 게 아닌데요?"

"아니, 연구 중이야."

"……?"

"네가 연구 대상이거든."

"저요?"

"그래. 지금까지 한 번도 만나 본 적 없는 생물체야."

'이게 칭찬이야? 욕이야?'

내가 갈피를 잡지 못하고 헷갈려 하고 있을 때, 유승아가 덧붙였다.

"나한테 이렇게 무관심한 남자는 네가 처음이거든. 그래서 스트레스를 받는 중이야."

"그냥 별종이라고 생각하시죠."

"별종?"

"이런 별종도 하나씩 있어야 세상이 재밌는 것 아니겠습니까?"

"그래서 더 갖고 싶어."

"네?"

"내가 궁금한 건 못 참는 성격이거든. 그리고 원하는 건 꼭 손에 넣어야 직성이 풀리는 성격이거든."

'이건 설마… 고백 비스무리한 건가?'

커피를 마시며 담배를 태우다가 갑자기 고백을 할 거라고는 예상치 못했기에 적잖이 당혹스러웠다.

그때 유승아가 다시 입을 뗐다.

"순순히 올래? 튕기다 올래?"

"그냥 안 가겠습니다."

"뭐?"

"누군가의 장난감으로 살고 싶지는 않거든요."

내가 딱 잘라 거절했다.

이쯤에서 나에 대한 관심을 거둬 주길 바랐는데.

"확실히 재밌어, 그래서 더 갖고 싶어졌어."

유승아가 입맛을 다시듯 혀를 내밀어 입술을 훑으며 꺼낸 이야기를 들은 내가 흠칫했다.

본능이 위험하다고 경고했기 때문이었다.

그래서 난 서둘러 화제를 전환했다.

"절 도와주실 겁니까?"

"설운범 교수님을 만날 수 있게 자리를 마련해 달라는 거지?"

"네."

"그 정도는 해 줄 수 있지."

유승아가 재떨이에 담배를 눌러 끈 후 휴대 전화를 꺼냈다.

"교수님, 저 승아예요. 아빠요? 여전히 잘 지내고 계시죠. 그렇지 않아도 교수님이 언제 구룡그룹으로 돌아오시나 궁금해하고 계세요. 실은 교수님께 커피 한잔 얻어 마시고 싶어서요. 시간 괜찮으세요? 네. 여기가 어디냐면……."

유승아가 커피 전문점 상호를 알려 주고 통화를 마쳤다.

"지금… 뭘 한 겁니까?"

"부탁 들어준 거잖아."

"그럼 지금 통화한 상대가 설운범 교수님입니까?"

"응, 맞아."

"그리고 설운범 교수님이 여기로 오시기로 하신 건가요?"

"그래."

유승아는 대수롭지 않게 말했다.

하지만 난 담담할 수 없었다.

이미 설운범 교수를 만나기 위해서 몇 차례 시도를 해 보았다.

그렇지만 그는 휴강까지 한 상태로 연구에 몰두 중이었다.

그래서 유승아를 일부러 만나서 부탁한 것이고.

그런데 그녀는 내 예상보다 훨씬 쉽게 설운범 교수를 만날 기회를 만들어 냈다.

"선배도 같이 있을 겁니까?"

"당연하지."

"왜요?"

"진우 네가 설운범 교수님을 만나서 무슨 이야기를 할지 궁금하거든."

"먼저 가 달라고 부탁해도 안 가실 거죠?"

"응, 안 가."

'어쩔 수 없네.'

유승아를 먼저 보내는 것을 포기한 내가 설인범 교수를 만나서 할 이야기를 머릿속으로 정리하고 있을 때였다.

"승아야."

의사처럼 흰 가운을 입은 머리가 벗겨진 남자가 도착했다.

"교수님, 오랜만에 뵙습니다."

"그래, 진짜 오랜만이구나."

"많이 바쁘시죠?"

"논문 때문에 좀 바빴다. 그런데… 이 친구는 누구냐?"

유승아와 인사를 나누던 설운범 교수가 뒤늦게 날 발견하고 질문했다.

"법학과 재학생인 서진우예요."

"법학과 학생? 혹시……?"

설운범이 날 의미심장하게 바라볼 때, 유승아가 말했다.

"아무 사이도 아닙니다."

"그래?"

"제가 아까 고백했는데도 안 넘어오네요."

설운범이 두 눈을 연신 껌벅였다. 그리고 한참 만에야 말뜻을 이해하고 경악한 표정을 지었다.

"승아, 네가 먼저 고백을 했다고?"

"네."

"그런데 거절을 당했고?"

"기가 막힌 일이죠?"

"미친놈 아니냐?"

설운범이 날 황당하게 바라보았다.

그런 그에게 내가 대답했다.

"안 미치고 멀쩡합니다."

"그런데 왜 거절했나?"

"연애하며 허비할 시간이 없어서요."

"이걸 현명하다고 해야 하나? 아니면, 멍청하다고 해야 하나?"

설운범이 날 관찰하듯 바라보며 혼잣말을 중얼거렸다.

"연애하고 결혼에 골인하는 것이 인생의 무덤이라는 걸 이렇게 젊은 나이에 알고 있는 걸 보니 현명한 것 같긴 한데… 그래도 승아는 좀 특수성이 있잖아? 그런데 승아를 밀어냈으니 멍청하다고 표현하는 게 더 맞나?"

"교수님, 그건 나중에 고민하시죠."

"응?"

"실은 교수님께 여쭙고 싶은 게 있습니다."

내가 용건을 밝히자, 설운범이 뜻밖이란 표정을 지었다.

"법대생이 화학 공학과 교수인 내게 궁금한 게 있다고? 뭐가 궁금한지 어디 한번 들어나 보지?"

"EVOH를 활용해서 신소재를 만드는 데 얼마나 시간이 걸릴까요?"

내 질문을 들은 설운범이 자세를 고쳐 앉았다.

"방금 EVOH라고 했나?"

"네."

"EVOH가 뭔지는 알고 질문하는 건가?"

"에틸렌 비닐알코올로서 주로 식품용 기체 차단 포장제로 쓰이고 있는 것으로 알고 있습니다. 외부 공기를 차단하고 습기 유입을 막아서 식품을 보호하는 역할도 하고요."

"잘 알고 있구만. 그런데 아까 질문이 뭐였지?"

"EVOH를 활용해서 신소재를 만드는 데 걸리는 시간을 알고 싶습니다."

"그거야 뭘 만드느냐에 따라 달라지겠지."

"제가 관심이 있는 것은 식품을 담을 특수 포장 용기입니다."

"포장 용기라면 현재 나와 있는 EVOH 제품으로도 충분하지 않은가?"

설운범 교수가 반문한 순간, 내가 고개를 가로저었다.

"충분하지 않습니다."

"왜 충분하지 않다는 건가?"

"EVOH로 만들어진 기존 제품의 경우, 기체 차단성이 뛰어나다는 장점이 있지만 유연성이 떨어지는 편이라 쉽게 깨진다는 위험성이 존재합니다. 또, 물에 닿으면 기체 차단성이 현저히 떨어진다는 치명적인 단점이 있으니까요."

법대생인 내가 질문을 던지고 있기 때문일까.

좀 전까지만 해도 설운범의 표정은 시큰둥했다.

하지만 대화가 길어지자, 그의 표정은 돌변했다.

"그래, 자네 말이 맞아. 물에 닿을 경우 기체 차단 성능이 급락하는 것은 EVOH를 소재로 한 포장재의 치명적인 단점이지. 그럼 자네가 원하는 것은 이런 단점들을 극복할 수 있는 포장재인가?"

"정확합니다. 기존 EVOH 소재 포장재와 기체 차단 성능은 동일하면서도 쉽게 깨지지 않는 유연성을 갖추고, 물에 닿았을 때도 습도를 유지하는 데 문제가 없는 포장재가 제가 원하는 겁니다."

"혹시… 원하는 게 또 있나?"

"하나 더 있습니다."

"뭔가?"

"가격 경쟁력입니다."

난 학자가 아니다.

이 포장 용기에 즉석 밥을 담아 판매해야 하는 사업가다.

만약 아까 열거한 조건들을 모두 만족시키는 포장재를 개발한다고 해도 가격 경쟁력을 갖추지 못한다면 상품성이 없어진다.

그래서 내가 가격 경쟁력도 갖춰야 한다고 강조하자, 설운범은 잔뜩 미간을 찌푸린 채 질문했다.

"법대생인 자네가 포장재에 관심을 갖는 이유가 대체 뭔가?"

"곧 식품 분야 사업에 진출할 예정입니다. M&A를 통해 기존 식품 업체 중 한 곳을 인수합병 한 후에 처음으로 출시하려는 제품이 즉석 밥입니다. 그런데 즉석 밥을 제때 출시하기 위해서는 기존의 포장 용기가 아닌 특수 포장 용기가 필요합니다. 그래서 교수님께 질문을 드리고 있는 겁니다."

"혹시… 아버지가 재벌인가?"

내 이야기를 들은 설운범이 질문했다. 그리고 이 질문에 대한 대답은 유승아가 했다.

"진우 아버지께서는 삼환공업에 다니세요."

"삼환공업?"

들어 본 적이 없기 때문일까.

설운범이 고개를 갸웃할 때, 유승아가 덧붙였다.

"그 회사 과장님으로 근무하세요."

"사장이 아니라 과장이라고?"

설운범이 놀랐을 때 내가 입을 뗐다.

"한마디로 흙수저의 표상이죠."

*　　　　　*　　　　　*

"고분자 소재를 활용하면 가능성이 높을 겁니다."

"……?"

"고분자 소재와 EVOH를 일정 비율로 섞고 Blend & Alloy 방식으로 화학적 변화를 유도하다 보면 특수 포장 용기의 소재를 완성할 가능성이 높다고 저는 판단하고 있습니다."

'탈탈 털었다!'

지난 며칠간 난 지난 생에 읽었던 기사의 내용을 떠올리는 데 오롯이 집중했다.

그 결과 난 간신히 기사 내용을 대부분 떠올리는 데 성공했고, 그 기사에 적혀 있는 내용은 여기까지가 전부였다.

'만약 설운범 교수님이 방법을 못 찾는다면?'

나로서도 달리 방법이 없었다.

난 입으로만 떠들 수 있을 뿐이니까.

"시도해 볼 가치는 있겠군."

다행히 설운범 교수는 내 이야기를 듣고 특수 포장 용기를 개발할 어떤 힌트를 얻은 듯 보였다.

"연락처 하나 주게."

"네? 네."

내가 명함을 건네자, 설운범 교수는 또 한 번 놀랐다.

"레볼루션 필름 대표 서진우? 자네, 영화 제작도 하나?"

"그렇습니다."

"아까 했던 고민에 대한 답이 나왔군. 자넨 멍청하진 않아. 아니, 천재로군."

그 명함을 가운 주머니에 아무렇게나 쑤셔 넣은 설운범 교수가 벌떡 일어났다.

"나 먼저 일어나겠네. 진전이 있거나 성과가 있으면 연락하지."

내가 잡을 새도 없이 설운범 교수가 사라졌다.

'아직 할 얘기가 남아 있는데.'

그로 인해 내가 당황하고 있을 때였다.

"제품 개발에 성공했을 때 설운범 교수님과 로열티 지급 문제를 논의할 기회를 놓쳐서 당황한 거지?"

"네? 네."

"설 교수님은 돈에 관심이 없으신 분이야. 만약 돈을 좇으셨다면 교수가 되지 않고 구룡그룹에 남았을 거야."

유승아의 이야기가 맞았다.

구룡그룹 임원의 연봉은 최소 수억대.

한국대학교 교수의 연봉에 비할 바가 아니었다.

그럼에도 불구하고 설운범이 구룡그룹 임원이 아니라 마음껏 연구할 수 있는 한국대학교 교수를 선택한 것.

그가 돈보다 연구에 더 중점을 두는 진짜 학자라는 증거였다.

'그래도 챙겨 드려야지.'

내가 속으로 생각하고 있을 때 유승아가 말했다.

"허세가 아니었네."

"허세라니요?"

"네가 식품 분야 사업에 관심을 갖고 진출할 계획이라고 말했을 때, 내게 잘 보이기 위해서 그냥 허세를 부리는 것이라고 판단했어. 그런데 설운범 교수님을 만나서 대화를 나누는 것을 보고 나서 허세가 아니라는 걸 알게 됐어. 교수님과 나누는 대화를 통해서 무척 철저하게 준비와 조사를 했다는 것을 확인할 수 있었으니까."

"지난번에도 말씀드렸지만 빈말은 안 합니다."

내가 딱 잘라 말한 순간, 유승아가 흥미가 깃든 시선을 던졌다.

"이제 알아. 그래서… 더 네가 궁금해졌어."

'인기 폭발이네.'

신은하와 채수빈, 이태리에 이어 유승아까지.

내 의도나 의지와 상관없이 이번 생은 인기가 폭발하고 있었다.

"그래서 하는 말인데… 우리 자주 보자."

유승아가 두 눈을 빛내며 제안했다.

'내키지 않아!'

난 그녀와 더 가까워지는 것이 내키지 않았다.

그래서 서둘러 대답했다.

"제가 한동안은 좀, 아니, 아주 많이 바쁠 것 같습니다."

*　　　　*　　　　*

나 혼자 마음이 급해서 서두른다고 해서 진행이 되지 않는 일들이 있다.

연구 결과를 내는 일, 혹은 영화를 제작하는 일이 그렇다.

지금 내가 할 수 있는 일은 기다리는 것뿐이다.

그리고 시간은 빠르게 흘렀다.

ー대한민국 사회 지도층의 추악한 민낯을 드러낸 연예인 스폰서 사건의 파장은 어디까지일까?

그사이 이청솔이 수사를 지휘한 연예인 스폰서 사건이 큰 파장을 일으키며 연일 이슈가 됐다.

그렇지만 난 알고 있다.

진짜 거물들은 이미 다 빠져나갔다는 사실을.

난 세상 돌아가는 것에 신경을 끄고 태극일원공 수련과 학사 경고를 면하기 위해서 학교 출석에 집중했다.

집과 학교만 오간지 약 두 달가량 흘렀을 때, 두 가지 낭보가 들려왔다.

하나는 설운범 교수가 연구 끝에 성과를 냈다는 것이었고, 또 하나는 '끝까지 잡는다'의 촬영과 후반 작업이 끝났다는 것이었다.

*　　　*　　　*

"추가 대출은 불가능합니다."

어깨를 축 늘어뜨린 채 은행을 빠져나온 윤원종이 긴 한숨을 내쉬었다.

계속 자금과 시간을 투입했지만 연구 개발 성과는 지지부진했다. 그리고 믿었던 은행에서마저 추가 대출이 불가능하다는 통보를 받은 순간, 윤원종은 하늘이 무너지는 느낌이었다.

"그때… 멈췄어야 했나?"

연구 개발 팀을 이끄는 최부경이 여기까지가 한계라고 말했을 때, 그만두지 않았던 것을 후회하던 윤원종이 주차장으로 터덜터덜 걸음을 옮겼다. 그리고 차를 운전해서 회사로 돌아오는 사이에도 윤원중의 고민은 이어졌다.

'더 이상 미련을 갖지 말자.'

즉석 밥이 공전의 히트 상품이 될 거란 확신은 여전히 갖고 있었다.

하지만 현실적인 부분도 감안하지 않을 수는 없었다.

계속 미련을 버리지 못한 채 자금과 시간을 쏟아붓다가는 진짜 회사가 어려움에 처할 수 있다는 것을 알기에 윤원종이 마음을 접은 채 회사에 도착했을 때였다.

"대표님!"

재무 이사인 김기욱이 상기된 얼굴로 달려왔다.

"무슨 일이야?"

"투자자가 나타났습니다."

"그게 정말이야?"

"네, 지금 대표님을 만나기 위해서 기다리고 있습니다."

투자자가 나타났다는 소식을 김기욱에게 전해 들은 순간, 귀가 번쩍 뜨이는 느낌이었다.

'죽으란 법은 없구나.'

윤원종이 하늘에 감사하며 재촉했다.

"어서 만나러 가지."

*　　　　　*　　　　　*

교수실에서 다시 만난 설운범은 피곤한 기색이 역력했다.

또 지난번보다 머리숱도 더 줄어든 느낌이었고.

하지만 연구 결과에 대해서 내게 소개하는 그의 눈빛은 형형하게 빛나고 있었다. 그리고 목소리에도 힘이 넘쳤다.

"자네가 원하는 조건들을 모두 갖춘 특수 포장 용기를…
아니, 순서가 틀린 것 같군. 우선 고맙다는 인사부터 하지."

"왜 제게 감사 인사를 하시는 겁니까?"

"자네 덕분에 아주 흥미로운 연구를 할 수 있었으니까."

'진짜 과학자구나.'

내가 새삼스러운 시선을 던질 때, 설운범이 더 기다리지 못
하고 본격적으로 연구 성과에 대해 설명하기 시작했다.

"기체 차단성은 뛰어나지만, 유연성이 떨어지고 물에 닿았
을 때 습기에 취약하다는 EVOH 소재의 약점을 보완하기 위
해서 고분자 소재와 EVOH를 일정 비율로 섞고 화학적 변화
를 유도해 보는 것이 자네가 고안했던 방법이었지?"

"네, 맞습니다."

"그 방법에 대해서 처음 들은 순간, 아주 뜬구름 잡는 소리
는 아니라는 생각이 퍼뜩 들었네."

'선입견도 없으시네.'

학자, 특히 연구 개발 분야의 교수 및 과학자들은 고집이
센 편이다.

그래서 다른 교수나 과학자들의 이야기를 무시하기 일쑤
다.

그런데 하물며 난 교수나 과학자가 아니다.

대학생, 그것도 공과 대학 학생이 아니라 법학과 학생이다.

그럼에도 불구하고 설운범 교수는 내 이야기를 무시하지 않고 귀담아들어 주었다.

　"마침 우리 연구실에서 얼마 전에 개발한 폴라케론이란 고분자 소재가 있었네. 아, 폴라케론이란 이름이 생소하겠군. 내가 붙인 이름이야. 그리고 아직 상업적 용도로는 쓰이지 않고 논문에만 발표한 신소재야. 어쨌든 폴라케론과 EVOH를 비율을 다르게 해서 화학적 변화를 유.도해 보았네. 그리고 폴라케론과 EVOH를 7.125 대 2.875 비율로 섞었을 때 가장 이상적인 화합물이 도출됐네."

　"그 말씀은……?"

　"자네가 원하던 EVOH 소재 포장 용기가 갖고 있던 단점들을 모두 해결했지. 원래 EVOH 소재 포장 용기가 갖고 있던 장점인 기체 차단성은 그대로 유지하면서 말이야."

　'됐다!'

　내가 속으로 쾌재를 외쳤지만, 아직 샴페인을 터뜨리기에는 일렀다.

　아직 확인해야 할 부분들이 남아 있었다.

　"이 포장 용기에 식품을 담았을 때 유통 기한은 얼마나 될까요?"

　"짧으면 6개월, 길면 1년 정도로 예상하네."

　"냉동 보관 시를 말씀하시는 겁니까?"

　"아니."

"그럼 냉장 보관 시인 겁니까?"

설운범이 고개를 흔든 후 대답했다.

"상온 보관 기준이네."

'상온 보관시 유통 기한이 6개월 이상이라면… 2020년대 즉석 밥과 비교해도 전혀 손색이 없어!'

설운범 교수가 내 기대를 저버리지 않았다고 생각하며 내가 다시 질문했다.

"단가는요?"

"EVOH 소재와 별 차이가 없네."

'가격 경쟁력도 갖췄다!'

설운범 교수의 말이 모두 사실이라면, 내가 원하던 조건을 모두 만족시키는 특수 포장 용기 개발에 성공한 셈이었다.

그런데 왜일까?

설운범 교수의 표정에는 난감한 기색이 떠올라 있었다.

"혹시 무슨 문제가 있는 겁니까?"

"딱 한 가지 문제가 있네."

"그 문제가 대체 뭡니까?"

"초기 비용일세."

"……?"

"무균 포장을 위해서는 클린 룸이 필요하네. 그리고 대량 생산을 위해서는 설비도 필요하지. 그래서 초기 비용이 많이 들어가는데… 1년 생산량을 어느 정도로 예상하고 있나?"

"대략 연간 1만 개 수준입니다."

"그럼 초기 비용이 30억 정도 필요할 걸세."

'초기 비용이 많이 들어가는구나.'

30억은 절대 적은 돈이 아니었다. 그리고 즉석 밥 제조에 들어가는 초기 비용은 이게 다가 아니었다.

저온에서 보관한 현미를 도정해 백미로 만드는 도정 시설이 필요했고, 색이 다른 이물질을 선별해 내기 위해서 색채 선별기도 필요했다.

또 세척과 쌀을 불리는 과정에도 설비 투자가 있어야 하고, 고온과 고압 상태로 밥을 짓고 특수 포장 용기에 담는 데도 설비 투자가 필요했다.

'대략… 100억 가까이 들지 않을까?'

두정식품은 대기업이 아니다. 그리고 중견 기업인 두정식품이 초기에 필요한 비용 100억을 마련하는 것은 불가능했다.

'그래서 투자를 유치했던 거야. 그리고 투자금을 반환하지 못해서 즉석 밥 제조 기술을 빼앗겼던 것이고.'

머릿속에 그림이 선명하게 그려졌다.

"교수님, 정말 감사합니다."

"나야 재밌는 연구를 했고 논문을 쓸 자료가 생겼다는 성과가 있지만, 자네에게는 도움이 안 돼서 미안하군."

"아닙니다. 도움이 됐습니다."

"그 말은… 초기 비용 30억을 조달할 수 있다는 뜻인가?"

"가능할 것 같습니다."

"어떻게……?"

"그건 영업 비밀입니다."

내가 씨익 웃으며 대답한 후, 덧붙였다.

"일이 순조롭게 진행되면 변호사와 함께 다시 찾아오겠습니다. 로열티에 대한 계약서를 작성해야 하니까요."

"돈은 필요 없네."

"아니요. 노력에 대한 정당한 대가는 받으시는 게 맞다고 생각합니다. 그럼 저 먼저 일어나겠습니다."

"어딜 가나?"

설운범의 질문에 내가 대답했다.

"교수님께서 연구를 잘 마쳐 주셨으니, 이제 제가 할 일을 해야죠."

"……?"

"돈 구하러 뛰어다녀야죠."

*   *   *

대학로 호프집.

신세연이 오래간만에 동향 친구인 남지선을 만났다.

취직했다는 소식을 전해 들은 남지선이 취직 턱을 내라고 하도 성화를 부렸기 때문에 어쩔 수 없이 마련한 자리였다.

"다시 법무 법인에 취직한 거야?"

생맥주를 마시던 도중 남지선이 질문했다.

"아니, SB컴퍼니란 투자 회사에 취직했어."

"SB컴퍼니? 처음 들어보는 회사인데?"

"작은 회사야."

"어쨌든 잘됐다. 요즘같이 힘들 때 취직한 것만 해도 어디야. 그런데 투자 회사에서 무슨 일을 하는 거야?"

"직책은 총괄 팀장이야."

"총괄 팀장? 그럼 취직하자마자 팀장이 된 거야?"

남지선이 놀란 표정으로 다시 입을 뗐다.

"부럽다. 네 밑에 직원이 몇이나 돼?"

"그게… 없어."

"없다니? 팀장 밑에서 일하는 직원이 없다는 게 말이 돼?"

"아까 말했잖아. 작은 회사라고."

"직원이 대체 몇이나 되는데?"

"세 명이야."

"직원이 겨우 세 명?"

"나까지 포함해서."

SB컴퍼니의 총 직원이 세 명에 불과하다는 소식을 전해 들은 남지선은 어이없단 표정을 지었다.

"그럼 직원이 전부 세 명이고 네가 총괄 팀장인 거야?"

"맞아."

"그럼 나머지 두 명은 직책이 뭔데?"

"대표님, 그리고 부대표님."

"대표와 부대표, 총괄 팀장? 그럼 총괄 팀장인 네가 회사에서 하는 일은 뭔데?"

"밥 먹어."

"밥을 한다고?"

"아니, 밥을 하는 건 아니고 밥을 먹어."

"……?"

"대표님과 함께 점심과 저녁을 먹는 게 주 업무야."

"농담… 이지?"

"농담 아냐."

"진짜 대표와 밥 먹는 게 네 주 업무라고? 그것 말고 또 무슨 일을 하는데?"

"환기도 해."

"밥 먹고 환기하고. 또?"

"그게 다야."

신세연이 솔직하게 대답하자, 남지선은 황당하단 표정을 지었다.

"연봉은? 연봉은 얼마나 되는데?"

"5,000만 원이야."

"대표랑 밥 먹고 환기만 하는데… 연봉이 5,000만 원이라고?"

남지선이 당황해서 언성을 높였다.

'나도 그랬으니까.'

신세연은 이런 남지선의 반응을 이해했다.

자신 역시 면접을 볼 당시에 대표와 밥 먹고 환기만 하는데 연봉이 5,000만 원이란 사실을 알고 무척 당황했었으니까.

갈증이 나는 듯 생맥주를 벌컥벌컥 들이켠 후 남지선이 다시 물었다.

"아까 SB컴퍼니가 투자 회사라고 했지?"

"응."

"진짜 투자 회사 맞아? 혹시 다른 것 아냐?"

"다른 거라니?"

"다단계 회사, 이런 것 아냐?"

"다단계 회사는 아냐."

다단계 회사라면 물건을 팔아 오라는 지시를 했어야 했다.

그런데 SB컴퍼니에는 팔 물건도 없었고, 물건을 팔아 오라는 지시도 없었다.

"그럼… 남는 건 사기뿐이네."

"사기?"

남지선이 심각한 표정으로 덧붙였다.

"내가 봐서는 이거 백 퍼센트 사기야. 대표랑 밥 먹고 환기하는데 그렇게 많은 돈을 주는 회사가 어딨어? 그러니까 사기 안 당하게 조심해."

＊　　　　＊　　　　＊

'진짜… 사기가 아닐까?'

남지선을 만난 후 불안감이 증폭됐었다.

그렇지만 그 후로 두 달여가 지난 지금은 불안감이 거의 사라졌다.

월급이 두 달 연속으로 제 날짜에 입금됐기 때문이었다.

게다가 사기를 의심한 만한 건덕지도 없었다.

그리고 설령 이게 진짜 사기 취업이라고 해도 신세연에게 손해가 될 것은 전혀 없었다.

이미 700만 원에 가까운 월급을 받은 후였기 때문이었다.

"오늘도… 아무도 없네."

SB컴퍼니 사무실로 들어선 신세연이 희미하게 웃었다.

처음에는 아무도 없는 사무실에 혼자 오도카니 앉아 있는 게 그렇게 어색하고 막막할 수 없었다.

하지만 인간은 적응의 동물이란 말이 맞았다.

이제는 아무도 없는 사무실에 출근하는 것이 더 이상 어색하지 않았다.

평소처럼 창문을 열어서 환기부터 하고 난 후, 출근 전에 근처 꽃집에서 사 온 튤립을 꽃병에 옮겨 닮았다.

직접 로스팅을 한 커피를 내려서 느긋하게 마시며 어제 다

읽지 못했던 추리 소설을 읽기 시작했다.

"범인이 누굴까?"

독서를 방해하는 사람이 아무도 없다는 것이 그렇게 좋을
수 없었다.

"역시 형사가 범인이었어."

추리소설의 마지막 장을 넘기고 난 후, 신세연이 시간을 확
인했다.

오전 11시 30분.

이제 주 업무를 시작할 때가 가까워졌다는 것을 확인한 신
세연이 심각한 표정으로 고민에 잠겼다.

"오늘은 뭘 먹지?"

점심 식사 메뉴를 고민하던 신세연이 초밥으로 결정을 내
린 후 쓴웃음을 머금었다.

"식사 메뉴를 고민하는 게 가장 큰일이니까… 꿈의 직장 맞
네."

혼잣말을 마친 신세연이 대표실 앞으로 다가갔다.

똑똑.

"대표님, 식사 시간이에요."

점심 식사 시간이 다가왔음을 알리고 난 후 커피를 새로 내
린다.

노크를 하고 난 후 정확히 십 분이 지나자, 대표실 문이 열
리고 녹색 추리닝에 삼선 슬리퍼를 신은 대표 백주민이 비틀

거리며 사무실로 나온다.

떡 진 머리도, 게걸스럽게 하품을 하는 모습도 이제는 익숙하다.

"컵라면 먹으면 안 됩니까?"

그리고 저 멘트도 익숙하긴 마찬가지다.

"안 됩니다."

신세연이 딱 잘라 대답하자, 백주민이 한숨을 내쉰다.

"너무 빡빡한 거 아닙니까?"

"이게 제 업무라서요."

"오늘은 뭘 먹을 건데요?"

"오늘 점심 메뉴는 초밥을 생각하고 있습니다. 괜찮으세요?"

평소처럼 '그러시죠'라는 대답이 돌아올 것이라 예상하며 기다리고 있을 때였다.

"초밥, 좋네요."

서진우가 대신 대답했다.

'부대표님?'

서진우는 특별한 경우를 제외하고는 거의 출근하지 않는다는 본인의 말을 지켰다.

첫 출근을 했던 날에 함께 점심 식사를 한 후, 부대표인 서진우를 보는 것은 이번이 처음이었다.

"와아, 제가 잘못 찾아온 줄 알았습니다."

퀴퀴한 냄새 대신 꽃향기와 커피 향이 은은히 배어 있는 사무실을 둘러보던 서진우가 감탄한 표정을 지었다.

"부대표님, 대표를 너무 혼자 방치하는 것 아닙니까?"

백주민이 서운한 표정으로 말했다.

"혼자가 아니죠. 신세연 씨가 함께이니까요."

싱긋 웃으며 대답한 서진우가 물었다.

"회사 생활은 어때요? 지겹지 않으세요?"

"이제 적응이 됐습니다."

"다행이네요."

서진우가 웃으며 부탁했다.

"커피 향이 아주 좋네요. 저도 한 잔 부탁드려도 될까요?"

"아, 물론이죠."

신세연이 새로 내린 커피를 머그컵에 따라서 서진우와 백주민에게 건넸다.

"역시 향이 좋네요."

커피를 한 모금 마신 후 서진우가 제안했다.

"식사하러 가기 전에 짧게 회의할까요?"

'회의? 그런 것도 해?'

입사한 후 석 달 만에 처음 열리는 회의에 신세연이 당황했을 때, 백주민과 서진우가 탁자에 마주 앉았다.

'난 뭘 해야 하지? 자리를 비켜 줘야 하나?'

신세연이 고민하고 있을 때, 서진우가 말했다.

"신세연 씨도 앉으세요."

"그래도 되나요?"

"그럼요. 엄연히 SB컴퍼니의 직원인데 당연히 회의에 참석해야죠."

"알겠습니다."

'무슨 얘기를 하려나?'

빈자리에 앉은 신세연이 호기심 어린 시선을 던지고 있을 때였다.

"서가북스는 유아용 애니메이션 작품을 출간하는 쪽으로 방향을 잡았습니다. 그런데 아직 성과가 나오려면 시간이 좀 걸릴 것 같습니다. 그리고 Now&New에서 첫 투자를 맡은 '끝까지 잡는다'라는 작품은 후반 작업까지 끝났습니다. 한 달 내에 개봉할 겁니다."

서가북스, 그리고 Now&New.

두 회사의 사명이 낯설게 느껴지지 않았다.

그 이유는 SB컴퍼니가 입점해 있는 명운 빌딩 이 층에 함께 입점해 있는 회사들이었기 때문이었다.

'서가북스가 만화를 출판하는 회사였구나. Now&New는 영화에 투자하는 회사였고.'

출퇴근을 할 때마다 지나쳤지만, 신세연은 두 회사의 정체성에 대해서 정확히 알지 못했다.

서진우의 설명 덕분에 두 회사의 정체성에 대해서 알게 된 신세연이 이내 고개를 갸웃했다.

'가만, 그럼 서가북스와 Now&New가 모두 SB컴퍼니와 연관이 있는 건가?'

신세연의 생각이 거기까지 미쳤을 때였다.

"이번에는 제가 말씀드리겠습니다. 그사이 투자에 성과가 조금 있었습니다."

백주민이 노트북을 펼치며 덧붙였다.

"큰 이벤트가 없었던 상황이라 투자 성과를 크게 올리지는 못했지만, 쏠쏠한 성과를 올렸습니다. 현재 SB컴퍼니 계좌의 잔고입니다."

빙글.

백주민이 노트북 화면을 돌리고 서진우에게 내밀었다.

'잔고가 얼마일까? 10억? 20억?'

신세연도 SB컴퍼니의 직원.

회사 계좌 잔고에 대해 궁금한 것이 당연지사였다.

그래서 머릿속으로 상상의 나래를 펼치고 있을 때였다.

"지난번에 확인했을 때보다 50억 정도 늘었네요."

'50억?'

막연히 예상했던 것보다 훨씬 큰 금액이 서진우의 입에서 흘러나오는 것을 듣고 신세연이 깜짝 놀랐다.

*   *   *

'그럼 대표님이 그사이에 50억의 수익을 올렸단 뜻인 거야?'

신세연이 백주민에게 새삼스러운 시선을 던졌다.

떡 진 머리, 녹색 추리닝을 입은 채 삼색 슬리퍼를 끌고 다니는 백주민의 모습은 동네에서 흔히 마주칠 수 있는 백수와 다름없었다.

그런데 그가 몇 달 사이 수십억의 투자 수익을 냈다는 이야기를 듣고 나니, 사람이 확 달라 보였다.

그때, 서진우가 말했다.

"이 돈을 새로운 투자처에 투입해도 될까요?"

"어디에 투자하실 겁니까?"

"두정식품이란 중견 기업이 있습니다. 기존에 두부와 된장을 주로 생산하던 회사였는데, 현재 즉석 밥을 개발하고 있습니다."

"즉석 밥이요?"

"네, 최근 들어 전자레인지가 가정에 보급이 늘어나는 추세이니, 전자레인지에 데워서 먹을 수 있는 즉석 밥의 수요도 늘어날 겁니다. 그리고 향후 주거 행태가 바뀌게 될 것을 감안하면 즉석 밥의 성장 가능성은 무척 높을……."

"좋네요."

"……?"

"투자하시죠."

'즉석 밥을 만드는 회사에 오십 억을 투자하겠다는 건가?'

즉석 밥은 무척 생소했다.

그런데 그 생소한 제품에 오십 억을 투자하겠다는 것이 신세연을 놀라게 만들었다.

그리고 더 놀라운 점은 오십 억이라는 거금의 투자를 결정하는 데 채 1분도 걸리지 않았다는 것이었다.

'장난하는… 건가?'

오죽하면 이런 생각까지 들었을까.

"이제 밥 먹으러 가시죠."

그때 서진우가 제안했다.

'뭐야? 벌써 회의가 끝난 거야?'

신세연이 당혹스러움을 감추지 못하고 있을 때, 서진우가 물었다.

"참, 신세연 씨는 궁금한 게 없으신가요?"

발언할 기회가 찾아온 순간, 신세연이 참지 못하고 질문했다.

"진짜 즉석 밥을 개발하는 두정식품이란 회사에 50억을 투자하실 건가요?"

"네."

"이렇게 빨리 투자 결정을 내려도 되나요?"

백주민은 두정식품의 재무재표도 확인하지 않았고, 즉석 밥이라는 제품의 개발이 어느 정도 진행됐는지도 묻지 않았다.

그냥 부대표인 서진우가 하는 몇 마디 말을 듣고는 좋다고 대답하며 50억이란 거금을 투자하겠다는 결정을 내렸다.

신세연이 느끼기에는 너무 주먹구구식이었고, 또 너무 성급한 결정처럼 느껴졌다.

그래서 신세연이 참지 못하고 질문하자, 서진우가 반문했다.

"안 될 것도 없지 않나요?"

"네?"

"대표님과 저는 서로를 믿습니다."

"하지만… 이렇게 성급하게 투자했다가 실패할 수도 있잖아요?"

"물론 실패할 수도 있죠."

신세연이 마른침을 꿀꺽 삼켰다.

그녀의 입장에서 SB컴퍼니는 어렵게 찾은 직장이었다.

또, 사기가 아닐까 하는 의심이 들었을 정도로 좋은 직장이었다.

그런 SB컴퍼니의 부도.

상상하기도 싫은 일이었다.

해서 신세연이 참지 못하고 질문했다.

"그럼… 회사가 망할 수도 있는 거잖아요?"

그리고 이 질문에 대한 대답을 한 것은 서진우가 아니었다.

"50억 날려도 안 망합니다. 회사는 끄떡없습니다."

백주민이 대신 대답했다.

'50억을 날려도 끄떡없다고?'

그 대답을 듣고 신세연이 놀랐을 때, 서진우가 물었다.

"신세연 씨는 SB컴퍼니의 계좌 잔고를 모르시겠군요."

"네? 네."

"이제 한식구가 됐으니 직접 확인해 보시죠."

서진우가 노트북 화면을 돌렸다.

─28,456,870.

잠시 후, 신세연이 확인한 계좌의 잔고 금액이었다

'2,845만 원?'

신세연이 두 눈을 치켜떴다.

계좌에 적혀 있는 잔고 금액이 기대에 한참 미치지 못해서
였다.

'50억을 벌었다는 것도, 50억을 날려도 끄떡없다는 것도 다
거짓말이었어.'

신세연의 머릿속이 헝클어졌을 때, 서진우가 물었다.

"신세연 씨, 이제 좀 안심이 되십니까?"

'안심이 되냐고?'

2,500만 원도 되지 않는 SB컴퍼니의 계좌 잔고를 확인했는
데 안심이 되냐고 묻는 서진우의 의도를 파악하기 힘들었다.

해서 신세연의 말문이 막혔을 때, 서진우가 덧붙였다.

"아, 예전의 저처럼 오해하셨을 수도 있겠네요. 단위가 원이
아니라 달러입니다."

*　　　　　*　　　　　*

손진경과의 약속 장소는 동화백화점 본점 내에 입점해 있
는 커피 전문점이었다.

미리 도착해서 아이스커피를 주문한 내가 비어 있는 탁자
에 앉았다.

"편하네."

SB컴퍼니 대표를 맡고 있는 백주민의 가장 큰 장점은 미래
지식을 이용해서 투자 성과를 쉽게 올린다는 것이었다. 그리
고 또 하나의 장점은 회귀자이기 때문에 내가 투자 계획을 밝
힐 때 구구절절 설명할 필요가 없다는 점이었다.

당장 두정식품 건만 해도 그랬다.

만약 백주민이 회귀자가 아니었다면?

일단 그에게 즉석 밥에 대해서 설명해야 했다.

즉석 밥의 제조 방법, 즉석 밥의 상품성, 즉석 밥의 미래가
치 등등을 구구절절 설명해야 했지만, 백주민에게는 그럴 필
요가 없었다.

그 역시 회귀자.

즉석 밥에 대해서 나 못지않게 잘 알고 있었기 때문이었다.

그리고 즉석 밥이 공전의 히트 상품이 된다는 사실을 알기 때문에 더 묻지도 않고 바로 투자에 동의했다.

'회귀자와 함께 일하니까 이런 점은 좋구나.'

내가 속으로 생각하고 있을 때였다.

또각또각.

힐 소리를 내며 손진경이 도착했다.

"서 이사, 일찍 왔네."

"차가 안 막혔습니다."

내가 대답한 순간, 손진경이 맞은편에 앉았다.

"무슨 일로 만나자고 했어?"

"좋은 소식이 있습니다."

"좋은 소식? 뭔데?"

"즉석 밥 개발에 유의미한 진전이 있었습니다."

"어떤 진전인데?"

'확실히 불편하네.'

백주민은 회귀자인 반면, 손진경은 회귀자가 아니었다.

그래서 즉석 밥에 대해서 알지 못했기 때문에 구구절절 설명이 필요했다.

"지금부터 즉석 밥 개발 과정에 대해서 말씀드리겠습니다. 두정식품 윤원종 대표가 즉석 밥에 주목한 것은 전자레인지가 가정에 보급되는 속도가 무척 빠르다는……."

내가 간략하게 설명을 마친 후에야 손진경은 대충 이해한 기색이었다.

"그러니까 동결 건조미로는 소비자가 만족할 정도의 밥맛을 낼 수 없다. 갓 도정한 쌀로 밥을 지은 후에 포장하는 방식을 사용해야만 전자레인지에 돌렸을 때 갓 지은 쌀밥에 못지않은 밥맛을 낼 수 있다. 지금까지 후자 방식을 사용하지 못한 것은 특수 포장 용기 개발이 안 됐기 때문이었는데, 서 대표가 특수 포장 용기를 개발하는 데 성공했다는 거지?"

"정확히 말씀드리면 제가 개발한 게 아닙니다. 한국대학교 화학 공학과 설운범 교수님이 개발했습니다. 그런데 한 가지 문제가 있습니다."

"어떤 문제인데?"

"이 공법을 사용해서 즉석 밥을 대량 제조 하기 위해서는 초기 설비 투자가 필요합니다."

"초기 비용이 든다는 뜻이지?"

"네."

"얼마나 드는데?"

"100억 정도 듭니다."

"방금… 얼마라고 했어?"

"100억이요."

초기 설비 투자를 위한 비용이 100억 가까이 든다는 소식을 전해 들은 손진경의 표정이 금세 어두워졌다.

"포기… 할까?"

잠시 후, 손진경이 조심스럽게 입을 뗐다.

"왜 포기하시려는 겁니까?"

"계속 고민해 봤는데… 독이 든 성배라는 생각이 들어서."

'이렇게 생각할 수도 있지.'

나와 손진경은 입장이 다르다.

회귀자인 나는 즉석 밥이 공전의 히트 상품이 된다는 것을 알고 있다.

반면 손진경은 그 사실을 모른다.

즉, 성공에 대한 확신이 없는 상황에서 거액을 투자하는 것이 부담스러운 게 어쩌면 당연했다.

"알겠습니다."

내가 자리에서 일어서자, 손진경이 놀란 표정을 지었다.

"서 이사, 이게 끝이야? 더 설득 안 해?"

그 질문을 들은 내가 쓴웃음을 머금었다.

예전의 나였다면 손진경을 어떻게든 설득하기 위해서 애썼으리라.

손진경이 갖고 있는 자금이 필요해서였다.

하지만 더 이상은 아니다.

SB컴퍼니 대표인 백주민이 지금 이 순간에도 날 위해서 열심히 돈을 벌고 있는 상황이다.

그러니 손진경의 자금이 없더라도 내가 하고 싶은 곳에 마음껏 투자를 할 수 있다.

'기회를 줘도 못 잡으면 어쩔 수 없지.'

"네, 설득 안 합니다."

"그럼… 즉석 밥은 포기하는 거야?"

"좀 더 고민해 보겠습니다."

그 말을 끝으로 내가 걸음을 옮겼다. 그리고 각그랜저에 올라탄 나는 바로 두정식품으로 찾아갔다.

＊　　　　＊　　　　＊

두정식품 대표인 윤원종의 첫인상은 후덕했다.

내가 투자 의사를 밝혔기 때문일까.

윤원종은 신중한 눈빛으로 내가 건넨 명함과 내 얼굴을 번갈아 바라보고 있었다.

"투자를 하려는 것에 무슨 문제라도 있나요?"

내가 시선을 느끼고 묻자, 윤원종이 손사래를 쳤다.

"아무 문제도 없습니다. 다만… 좀 이상하다는 생각이 들어서요."

"어떤 점이 이상한가요?"

"투자를 하겠다는 분들이 갑자기 늘어나서요."

그 이야기를 들은 내 신경이 곤두섰다.

"저 말고 또 누가 투자 의사를 밝혔습니까?"

"네, 일주일쯤 전에 회사로 찾아와서 투자 의사를 밝힌 분이 있습니다."

'재정국 차관 장정우!'

내가 퍼뜩 떠올린 이름이었다.

정우푸드가 두정식품의 즉석 밥 제조 기술을 탈취했다는 것을 알고 있기에 당연히 장정우를 떠올린 것이었다.

'직접 오지는 않았을 거야.'

장정우는 아직 재정국 차관 직책을 유지하고 있었다.

현직 관료가 직접 움직였을 가능성은 낮다고 판단한 내가 다시 질문했다.

"그래서요?"

"네?"

"투자를 유치하기로 결정하셨습니까?"

"아직 결정은 내리지 않았습니다."

'다행이네.'

너무 늦지 않았다는 사실에 안도한 내가 물었다.

"그쪽에서 투자하기로 한 금액이 얼마인지 알 수 있을까요?"

"5억입니다."

"푼돈이네요."

"네?"

5억이 푼돈이라는 이야기를 듣고 놀라는 장정우에게 내가 덧붙였다.

"5억으로 할 수 있는 건 연명뿐이지 않습니까?"

*　　　　　*　　　　　*

─SB컴퍼니 부대표 서진우.

회사로 찾아와서 투자 의사를 밝힌 남자가 건넨 명함에 적혀 있는 직함과 이름이었다.

그렇지만 윤원종은 투자 의사를 밝힌 서진우에 대한 믿음이 생기지 않았다.

우선 SB컴퍼니라는 투자 회사의 사명을 들어 본 적이 없었고, 부대표 직함을 가진 서진우의 외모가 너무 어려 보여서였다.

"푼돈이네요. 5억으로 할 수 있는 건 연명뿐이지 않습니까?"

그리고 서진우가 꺼낸 이야기가 윤원종의 신경을 더욱 거슬리게 만들었다.

하지만 그는 끝내 반박하지 못했다.

5억의 투자를 유치한다고 해서 지금 개발에 박차를 가하고 있는 즉석 밥 개발에 성공할 가능성은 희박했기 때문이었다.

'만약 개발에 실패한다면?'

투자를 받은 5억이 고스란히 빚으로 남는다는 사실을 알기에 윤원종이 투자금 5억을 유치하는 것을 망설이고 있는 것이었다.

"즉석 밥을 개발만 하면 끝일까요?"

그때, 서진우가 불쑥 질문했다.

'대체 즉석 밥에 대해서 뭘 안다고 이런 질문을 하는 거야?'

서진우에 대한 믿음이 없었기에 윤원종이 불쾌함을 느꼈을 때였다.

"동결 건조미를 사용해서 즉석 밥을 개발하려는 시도를 하고 계시죠?"

"……?"

"알파미를 사용해서 만든 즉석 밥은 밥맛이 너무 떨어져서 상품성이 없다. 이렇게 판단을 내렸기 때문에 대안으로 동결 건조미를 사용해서 즉석 밥을 제조하는 과정에 있지 않습니까?"

'아는 게… 있었네.'

알파미와 동결 건조미에 대해서 알고 있다는 것.

서진우가 즉석 밥 개발에 대한 기본적인 지식은 갖고 있다는 증거였다.

그래서 서진우를 바라보던 윤원종의 시선이 바뀌었을 때였다.

"동결 건조미의 약점은 뚜렷합니다. 동결과 건조 과정에서 조직이 부서지고, 그 과정에서 영양소가 파괴된다는 약점들이죠."

"그걸 어떻게……?"

"두정식품에 투자를 하려는 입장이니까 당연히 공부를 했습니다. 그리고 제가 어떻게 알고 있는가보다 더 중요한 것은 과연 이 약점과 문제점들을 해결할 방법이 있는가 여부죠. 윤 대표님은 동결 건조미의 약점과 문제점들을 해결할 자신이 있으십니까?"

"그거야……."

"솔직히 말씀해 주십시오."

"…자신 없습니다."

윤원종이 한참을 망설인 끝에 솔직하게 대답한 후 일어섰다.

"이만 돌아가시죠."

"왜 돌아가라는 겁니까?"

"우리 회사에 투자할 가치가 없다는 사실을 알게 됐으니까요."

윤원종이 한숨을 내쉬었다.

즉석 밥 연구 개발을 이어 나가기 위해서는 투자 유치가 시급한 상황.

말 그대로 한 푼이 아쉬운 상황이었다.

그러니 두정식품의 대표 이사인 윤원종은 거짓말을 해서도 투자를 유치해야 하는 게 맞았다.

그렇지만 차마 자식뻘인 서진우를 앞에 두고 거짓말을 할수가 없었다.

그래서 솔직하게 약점을 해결할 자신이 없다고 말한 것이었고.

"너무 솔직하신 편이시군요."

그때, 서진우가 웃으며 덧붙였다.

"제가 윤 대표님 입장이었다면 약점들을 해결할 자신이 있다고 말했을 거거든요. 어쨌든… 그래서 더 마음에 들었습니다."

"무슨 뜻입니까?"

"두정식품에 투자하겠다는 뜻입니다."

잠시 후 서진우가 믿기지 않는 이야기를 더했다.

"70억을 투자할 계획입니다."

*　　　　　*　　　　　*

'어지간히 놀랐나 보네.'

쩍 벌리고 있던 입을 한참 다물지 못하는 윤원종을 보며 내가 희미한 미소를 머금었다.

당장 1억, 아니, 1,000만 원이 급한 것이 윤원중의 상황.

그런데 내가 두정식품에 무려 70억을 투자하겠다는 의사를 밝혔으니 제대로 실감이 나지 않으리라.

"사람 놀리지 마시오."

잠시 후, 윤원종이 정색한 채 언성을 높였다.

"저는 빈말을 하지 않습니다."

"투자 가치가 없는 회사에 70억을 투자하겠… 아니, 버리겠다? 이게 사람 놀리는 게 아니라면 대체 뭐란 말이오?"

"아까 말씀드렸던 동결 건조미의 약점과 문제점을 해결할 수 있다면 이야기가 달라지지 않겠습니까?"

"그건 내가 아까 힘들다고……."

"제가 찾아왔습니다."

"뭘 찾아왔다는 거요?"

"그 약점을 해결할 방법이요."

'믿기 힘들겠지.'

윤원종은 평생을 식품 분야에 바친 사람이다.

또, 맛있는 즉석 밥 개발을 위해서 오랜 시간 매달렸었고.

그런데 새파랗게 젊은 내가 갑자기 찾아와서 동결 건조미의 약점과 문제점들을 해결할 방법을 알고 있다고 말하니 순순히 믿기 힘든 게 당연했다.

"어떻게… 말이오?"

윤원종이 반신반의하는 표정으로 질문했다.

"동결 건조미로는 답이 없습니다."

내가 대답하자 윤원종의 표정이 와락 일그러졌다.

"지금 장난하는 거요? 아까는 분명히 동결 건조미의 약점과 문제점들을 해결할 방법을 찾아 왔다고 말하지 않았소?"

"말씀 그대로입니다."

"......?"

"동결 건조미의 약점과 문제점들을 해결하는 방법은 없습니다. 그래서 일반 백미를 사용해야 합니다. 그럼 전부 해결이 가능하죠."

내가 찾아온 해법을 알려 줬음에도 윤원종의 흥분은 가라앉지 않았다.

"일반미로 밥을 해서 즉석 밥을 제조한다? 그럼 보관은 어떻게 할 거요?"

"포장 용기를 바꿔야죠. 현재 많이 사용되고 있는 EVOH 소재의 포장 용기는 기체 차단성이 뛰어나지만 깨지기 쉽고 습기가 닿았을 때 기체 차단성이 급격히 떨어진다는 단점이 있죠. 그래서 냉장 보관조차 불가능합니다. 그래서 상온에 보관할 경우, 유통 기한은 길어야 이틀에서 사흘. 이렇게 유통 기한이 짧을 경우, 즉석 밥의 상품 가치는 크게 떨어지죠."

"잘 아는구만."

"그런데 상온에서 최소 육 개월 이상 보관할 수 있는 특수 포장 용기에 담아서 즉석 밥을 판매하는 것이 가능하다면 어떨 것 같습니까?"

윤원종의 표정이 심각해졌다.

"그럼 일반미로 즉석 밥을 제조하는 것이 가능하오. 하지만 그런 특수 포장 용기는 현재 시중에는……."

"현재까지는 개발되지 않았죠. 그래서 한국대학교 화학 공학과 설운범 교수님에게 기존 EVOH 소재 포장 용기의 약점을 없앤 특수 포장 용기를 개발해 달라고 부탁했습니다. 그리고 얼마 전에 설운범 교수님이 특수 포장 용기 개발에 성공했습니다."

"그게… 사실이오?"

"네."

윤원종의 낯빛이 밝아졌다.

만약 상온에서 육 개월 이상 즉석 밥이 변질되지 않고 보관할 수 있는 특수 포장 용기가 내 말대로 개발이 가능하다면, 즉석 밥 상품화가 가능하다는 확신이 섰기 때문이리라.

그런 그의 반응을 살피던 내가 입을 열었다.

"이제 장난이 아니라는 것을 믿으시겠습니까? 그리고 제가 왜 두정식품에 70억을 투자하려는지 아시겠습니까?"

*　　　　*　　　　*

"찾으셨습니까?"

재정국 차관실로 서기관 김태호가 들어선 순간, 장정우가 가까이 다가오라고 손짓했다.

지시대로 김태호가 지척까지 다가왔을 때, 장정우가 책상 위에 올려져 있던 신문을 집어서 그의 얼굴에 내던졌다.

퍽.

신문으로 얼굴을 얻어맞고 당황한 표정을 짓는 김태호에게 장정우가 소리쳤다.

"내가 왜 이러는지 몰라?"

"네? 네."

"3면 하단 기사 확인해 봐."

장정우가 말을 마치자마자 바닥에 흩어진 신문지를 주섬주섬 그러모은 김태호가 언급한 기사를 찾는 데 실패하고 물었다.

"어떤 기사를 말씀하시는 건지……?"

"정부가 괜찮다고 주장하는 대한민국 외환 보유고. 정말 문제가 없을까? 찾았어?"

"아, 네."

"내가 이런 기사 안 나오게 신경 써서 잘 챙기라고 했지? 이 따위로밖에 일 못 해?"

"죄송합니다."

"한 번만 더 이딴 기사 내보내면 재미없을 거라고 전해. 아니, 본보기로 이 기사 쓴 기자 새끼 펜대 놓게 해. 내 말 무슨 뜻인지 알아들었지?"

"네, 알겠습니다."

벌겋게 달아오른 얼굴로 집무실을 황급히 빠져나가는 김태호의 모습을 바라보던 장정우가 자리에서 일어섰다.

창가 쪽으로 다가간 장정우가 미간을 찌푸렸다.

"어차피 달라지는 건 없어."

대한민국 정부가 국제 통화 기금에 구제 금융을 신청하는 것을 소재로 제작한 'IMF'라는 작품이 개봉한 후, 현 경제 상황을 우려하는 목소리가 커졌다.

그렇지만 장정우의 플랜은 바뀌지 않았다.

"이제 공직 생활도 얼마 남지 않았군."

장정우가 사무실 내부를 둘러보았다.

자신의 역할은 대한민국 정부가 국제 통화 기금에 구제 금융을 신청하는 과정에서 협상을 잘 마무리하는 것까지였다.

그 후에는 바로 사직서를 제출할 생각이었다.

공직에 오랫동안 몸담고 있었지만, 관료 생활에 대한 미련은 없었다.

오히려 새 출발에 대한 기대가 더 컸다.

지이잉, 지이잉.

그때 책상 위에 놓아 둔 휴대 전화가 진동했다.

처남인 유민수에게서 걸려 온 전화임을 확인한 장정우가 서둘러 전화를 받았다.

"어떻게 됐어?"

"방금 두정식품 윤 대표에게서 전화가 왔는데……."

"그런데 어떻게 됐다는 거야? 뜸들이지 말고 빨리 말해 봐."

"윤원종 대표가 투자 제안을 거절했습니다."

"뭐라고?"

장정우가 언성을 높였다.

"정말 투자 제안을 거절했어?"

"네."

"이유가 뭐래?"

"이유까지는 밝히지 않아서 모르겠습니다. 매형, 이제 어떻게 할까요?"

"일단 기다려 봐. 내가 알아보고 다시 전화할 테니까."

유민수와 통화를 마친 장정우가 고개를 갸웃하며 혼잣말을 꺼냈다.

"이럴 리가 없는데."

그분의 예측은 한 번도 틀리지 않았다. 그리고 퇴직을 앞두고 있는 장정우에게 두정식품에 투자하라고 제안한 것도 그분이었다.

'왜 두정식품에 투자를 하라는 걸까?'

그 제안을 처음 들었을 당시 장정우는 의문을 품었다.

두정식품은 두부와 청국장이 주력 제품인 중견 식품 회사.

전자나 건설 회사가 아닌 식품 관련 중견 기업에 투자를 하라는 그분의 제안은 당혹스럽기까지 했다.

하지만 장정우가 품었던 의문은 오래 이어지지 않았다.

그분에 대한 신뢰가 있었기 때문이었다.

'분명히 어떤 이유가 있을 거야.'

장정우는 아직 재정국 차관직을 유지하고 있는 상황.

그래서 처남인 유민수를 얼굴 마담으로 앞세워 두정식품에 5억을 투자하겠다고 제안했다. 그리고 그분은 두정식품의 대표인 윤원종이 자금난에 시달리고 있기 때문에 절대 투자 제안을 거절하지 못할 거라고 예측하셨다.

그런데 윤원종이 투자 제안을 거절했으니, 지금까지 한 번도 빗나간 적이 없었던 그분의 예측이 처음으로 빗나간 셈이었다.

"왜… 예측이 빗나간 거지?"

장정우가 당황한 표정으로 그분에게 연락하기 위해서 휴대전화를 들어 올렸다.

                    *   *   *

서가북스 회의실.

회의 시작을 앞두고 잔뜩 긴장하고 있던 한미선이 짤막한 한숨을 내쉬었다.

서가북스와 계약을 맺은 후 첫 작업이었기에 정말 잘해내고 싶었다. 그래서 의욕을 불태우며 작업했지만, 결과물은 썩 만족스럽지 않았다.

'표정이… 별로네.'

서가북스의 편집 팀장 황만규의 표정이 밝지 않다는 것을 확인한 한미선이 지그시 입술을 깨물고 있을 때였다.

"이건 좀 아닌 것 같습니다."

황만규가 처음으로 의견을 개진했다.

'역시 마음에 들어 하지 않는구나.'

혹평을 들었지만, 한미선은 반박하지 못했다.

오랫동안 매달렸던 신작의 스토리라인.

자신도 그리 만족스럽지 않아서였다.

"황 팀장님이 한미선 작가님의 결과물에 만족하지 못하시는 이유를 들어 볼 수 있을까요?"

그때 서진우가 나섰다.

'사장 아들!'

서진우는 서가북스에서 공식적인 직책이 없었다.

사장 아들 자격으로 회의에 참석해 있었다.

하지만 한미선은 서진우가 서가북스의 실세라는 사실을 알고 있었다.

그리고 서진우는 만화 작가의 꿈을 접을 뻔했던 자신에게 한 번 더 기회를 준 장본인이었기에 항상 고마운 마음을 갖고 있었다.

"음, 애매하다고 표현하면 될까요? 정확한 타깃층을 모르겠습니다. 유아가 타깃이거나, 초등학생이 타깃이거나 명확해야 하는데 제가 보기엔 모호합니다."

황만규의 평가를 들은 한미선의 어깨가 움츠러들었다.

또 눈물이 핑 돌았다.

혹평을 듣고 분해서가 아니었다.

자신을 믿고 계약해 준 서진우의 기대에 부응하지 못했다는 것이 아쉽고 미안해서였다.

"그렇다고 하네요."

그때, 서진우가 자신을 보며 말했다.

"네?"

"타깃층이 모호한 것이 약점이라고 황 팀장님이 말씀하시네요."

"네."

"제 생각엔 욕심을 너무 부리신 것 같습니다."

"무슨 뜻인가요?"

"유아들도, 초등학생들도 모두 좋아할 수 있는 작품을 집필하고 싶다는 생각을 갖고 작품을 구상하지 않으셨나요?"

"그건……."

"더 높은 판매고를 올리고 싶어서 과욕을 부리신 것 같습니다."

Chapter. 5

'꼭… 내 속에 들어와 본 것 같잖아!'

한미선이 서진우에게 새삼스러운 시선을 던졌다.

'생쥐의 모험은 망했어. 이번에는 무슨 일이 있어도 성공해야 해.'

이 목표를 이루기 위해서 데뷔작이었던 '생쥐의 모험'이 실패했던 이유에 대해서 분석을 거듭했다.

그 분석 끝에 찾은 실패의 이유는 타깃층이 너무 좁았다는 것이었다.

결론적으로 '생쥐의 모험'의 주 타깃층으로 잡았던 유아층에 외면받자, 작품은 금세 묻혀 버렸다.

그래서 한미선은 신작을 구상하면서 타깃층을 유아층만이 아니라 초등학교 저학년까지 확대하기로 결심했다.

그런데… 서진우는 그게 욕심이자 패착이었다고 말했다.

"저는… 그러니까 저는……."

"한 작가님을 탓하는 게 아닙니다."

"……."

"왜 그런 욕심을 품었는지도 알고 있기 때문에 충분히 이해도 합니다. 다만… 부담을 내려놓으셨으면 좋겠습니다."

부담을 내려놓으란 이야기.

한미선이 가장 듣고 싶었던 이야기였다.

그렇지만 말처럼 쉽지 않다.

"제가 첫 번째 주자이니까… 더 잘하고 싶습니다."

한미선은 서가북스의 1호 계약 작가이자, 유일한 계약 작가.

그 사실을 알고 있기에 부담을 내려놓을 수 없다.

그러나 서진우에게서 돌아온 대답은 한미선의 예상을 빗나가게 만들었다.

"1호 계약 작가인 건 맞지만… 첫 번째 주자는 아닙니다."

"네?"

"서가북스의 첫 번째 주자는 따로 있습니다."

'서가북스 창립 작품을 낼 작가는 따로 있다? 누구지?'

한미선이 호기심을 품었을 때였다.

"그 첫 번째 주자가 대체 누굽니까?"

황만규 팀장이 궁금함을 참지 못하고 먼저 질문했다.

"그건 아직 비밀입니다."

하지만 서진우는 첫 번째 주자의 정체에 대해서 밝히지 않았다.

대신 품속에서 봉투를 꺼냈다.

"이거 받으세요."

그리고 그 봉투를 한미선의 앞으로 내밀었다.

"이게… 뭔가요?"

"직접 확인해 보시죠."

봉투 속 내용물을 확인한 한미선이 두 눈을 크게 떴다.

만 원짜리 지폐들이 봉투 속에 들어 있는 것을 확인했기 때문이었다.

"이 돈을 왜 제게 주시는 건가요?"

"필요할 것 같아서요."

"네?"

"많이 넣지는 않았습니다. 일종의 품위 유지비라고 생각하시면 될 겁니다."

"품위… 유지비요?"

"그냥 필요한 데 쓰시면 됩니다. 참고로 품위 유지비는 매달 지급될 겁니다."

'매달 품위 유지비를 지급한다고?'

한미선이 진심으로 놀랐다.

얼핏 살피기에 봉투 속에 든 현금은 50만 원 가까이 됐다. 그런데 이렇게 큰돈을 매달 지급한다고 하니 어찌 놀라지 않을 수 있을까.

'대체 왜……?'

처음 경험하는 상황, 또 처음 겪어보는 호의에 한미선이 당황했을 때였다.

"한 작가님, 멀리 보세요."

서진우가 충고했다.

"한 작가님이 마음에 드는 작품을 그려서 가져오실 때까지 저희는 기다릴 수 있습니다. 그러니까 부담을 내려놓으시고, 너무 서두르지도 마세요."

"하지만……."

"이렇게 말로만 떠들어 대는 건 한 작가님에게 도움이 되지 않을 것 같아서 매달 품위 유지비를 드리는 겁니다. 그 정도면 생활에 실질적인 도움이 될 겁니다. 그러니까 생계 걱정은 하지 마시고 마음껏 작품 활동을 하셔도 됩니다."

서진우가 말을 마친 순간, 한미선은 재차 눈물이 핑 돌았다.

생계 걱정에서 자유로울 수 없는 것이 작가의 숙명!

이런 작가의 속사정을 잘 알고 실질적인 도움을 주는 것이 못내 고마웠다.

"감사합니다. 그리고 꼭… 기대에 부응하겠습니다."

한미선이 눈물이 왈칵 터지려는 것을 꾹 참고 각오를 밝힌 순간, 서진우가 웃으며 말했다.

"오랜만에 같이 맛있는 밥이나 드시죠."

*　　　　　*　　　　　*

돈에는 힘이 있었다.

신입 사원 초봉 4,000만 원, 팀장급 연봉은 6,000만 원을 제시하자, Now&New에는 지원자들이 몰려들었다.

덕분에 Now&New의 직원은 열 명으로 늘어 있었다.

"부대표님, 오셨습니까?"

"안녕하세요, 부대표님."

내가 사무실로 들어서자, Now&New의 새로운 직원들이 인사했다.

엄밀히 말하면 난 Now&New의 부대표가 아니었다.

Now&New에는 공식적으로 내 직함이 없었다. 그런데 한우택이 부대표라고 부르자, 직원들도 덩달아 날 부대표라고 부르기 시작한 것이었다.

'이걸… 꼭 해야 해?'

잠시 후 내가 한숨을 내쉬었다.

책상을 구석으로 밀어낸 사무실 가운데에 마련된 상 위에

삶은 돼지머리가 올라가 있는 것이 보였기 때문이었다.

"고사를 꼭 지내야 합니까?"

내가 내키지 않는 표정으로 물었지만, 한우택의 표정은 단호했다.

"Now&New에서 투자와 배급을 맡은 창립 작품이 개봉을 앞두고 있는데 당연히 고사를 지내야죠."

'미신은 안 믿게 생겼는데.'

내가 재차 한숨을 내쉬었을 때였다.

"부대표님, 어서 절하시죠."

"네?"

"저를 비롯한 다른 직원들은 이미 절을 마쳤습니다. 이제 부대표님만 남았습니다."

한우택의 재촉으로 인해 내가 어쩔 수 없이 운동화를 벗고 고사상을 향해 절을 했다. 그리고 미리 준비해 온 봉투를 꺼내서 돼지머리에 꽂았을 때였다.

"부대표님."

"네."

"얼마나 넣으셨는지 확인해 봐도 됩니까?"

투자 팀장 박윤구가 질문했다.

"그럼요."

내가 흔쾌히 허락하자, 박윤구가 봉투의 내용물을 살폈다.

잠시 후, 그가 수표에 적혀 있는 0의 개수를 확인한 후 두 눈을 빛냈다.

"10만 원이 아니라… 100만 원권 수표인데요?"

"네."

"혹시 잘못 넣으신 것 아닙니까?"

박윤구의 질문에 내가 고개를 흔들었다.

"잘못 넣은 것 아닙니다. 그동안 고생하셨으니 회식비로 사용하시죠."

"와아!"

"부대표님, 최고!"

내가 회식비를 투척하자, 직원들이 환호했다.

그 환호성을 듣던 내가 한우택에게 제안했다.

"둘이서 얘기 좀 하시죠."

"네? 아, 네. 대표실로 들어가시죠."

대표실로 따라 들어간 내 눈에 가장 먼저 띤 것은 간이침대였다.

Now&New의 창립 작품인 '끝까지 잡는다'의 상영관을 하나라도 더 확보하기 위해서 한우택이 그동안 집에도 들어가지 않고 회사에서 숙식을 해결하며 최선을 다한 흔적.

그리고 한우택만이 아니었다.

창립 작품의 중요성을 알고 있는 Now&New 직원들도 그동안 최선을 다했다.

그 사실을 잘 알고 있기에 내가 회식비를 기꺼이 투척한 것이었다.

"먼저 고생 많으셨습니다."

내가 수고했다는 인사를 건넸지만, 한우택은 웃지 않았다.

대신 아쉬운 표정으로 그가 입을 뗐다.

"상영관을 더 확보하지 못한 것이 계속 마음에 걸리네요."

"Now&New가 신생 투배사이니까요. 만약 '끝까지 잡는다'
가 흥행에 크게 성공하고 나면 다음 작품부터는 상황이 달라
질 겁니다."

"그러기 위해서는 일단 '끝까지 잡는다'가 잘돼야 할 텐데
요."

한우택은 여전히 표정에서 불안한 기색을 지우지 못하고
있었다.

그 반응을 확인한 내가 선언했다.

"추가로 5억을 투자하겠습니다."

"네?"

"작품 홍보비로 사용하시죠."

"홍보비요?"

"'끝까지 잡는다'의 상영관을 많이 확보하지 못해서 계속 아
쉽다고 하셨지 않습니까? 상영관이 적으니 작품 홍보라도 제
대로 해야 하지 않겠습니까?"

추가로 5억을 투자해서 작품 홍보비로 사용하려는 결정.

백주민이 꾸준히 황금알을 낳아 줄 거라는 믿음이 있기에

내릴 수 있는 선택이었다.

　내 이야기를 듣자마자 한우택의 표정이 눈에 띄게 밝아졌다.

　그런 그에게 내가 제안했다.

　"찔끔찔끔 쓰지 말고 굵고 크게 쓰죠."

　"어떻게… 말입니까?"

　"TV 광고를 하죠."

　"네?"

　"기왕이면 9시 뉴스 타임에 TV 광고를 넣죠."

　2020년에는 TV에 영화 광고를 하는 것이 당연시된다.

　하지만 1997년은 아니다.

　그래서일까.

　5억으로 프라임 시간대에 '끝까지 잡는다' TV 광고를 하자는 내 제안을 들은 한우택은 깜짝 놀란 표정이었다.

　"비용 대비 광고 효과가 있을까요?"

　"분명히 있을 겁니다."

　"하지만 이전에 한 번도 시도해 본 적 없는 광고 방식이라서……."

　"한 대표님, 저희는 후발 주자입니다. 그리고 후발 주자는 선발 주자들과 차별화되는 전략을 사용해야 한다고 말씀드렸던 것, 기억하십니까?"

　"네, 기억합니다."

"그러니까 해 보죠."

내가 웃으며 덧붙였다.

"그냥 망하나, 5억 더 쓰고 망하나 별 차이가 없기도 하고 요."

*   *   *

리온 엔터테인먼트 근처 순댓국집.

심대평이 소주병을 들며 박중배에게 술을 권했다.

"한 잔 받으시죠?"

"네."

"그동안 고생하셨습니다."

"하하, 고생은 심 대표님이 하셨죠. 이번 작품, 느낌이 아주 좋습니다."

오늘 술자리 분위기가 화기애애한 이유.

개봉이 코앞으로 다가온 '살인의 기억'의 편집본이 잘빠졌기 때문이었다.

제작 시사회에 참석했던 박중배는 후반 작업을 마친 '살인의 기억'을 관람한 후 만족감을 표했다. 그리고 만족한 것은 박중배만이 아니었다.

함께 제작 시사회에 참석했던 리온 엔터테인먼트 투자 팀 직원들도 작품의 성공을 확신했다.

'이제 시작이다!'

소주잔을 손으로 매만지던 심대평의 입가로 미소가 번졌다.

예상치 못했던 서진우라는 돌발 변수의 등장으로 인해 원래 계획이 어그러지기는 했었다. 그러나 늦은 것은 아니었다.

'살인의 기억'을 기점으로 영화 제작자 심대평의 전성시대가 펼쳐질 거란 즐거운 상상을 하고 있을 때였다.

"건배 한 번 하시죠."

박중배가 술잔을 들어 올리며 건배 제의를 했다.

"좋습니다."

채앵.

잔을 부딪치고 술잔을 입으로 가져가던 심대평이 멈칫했다.

순댓국집 벽에 설치된 TV에서 영화 광고가 시작됐기 때문이었다.

"이 새끼, 범인 맞아. 범인 맞다니까."

그리고 배우 이동민의 목소리가 들려온 순간, 심대평이 들고 있던 술잔을 손에서 놓쳤다.

퍽, 주르륵.

시멘트 바닥에 떨어진 술잔이 박살 나면서 내용물인 소주가 바닥을 타고 흘렀다.

"왜 그러십니까? 괜찮으세요?"

박중배가 깜짝 놀라며 괜찮냐고 물었지만, 심대평은 그 사실조차도 깨닫지 못했다.

"미치도록 잡고 싶었다."

성우의 목소리에 이어서 작품 제목이 떠올랐다.

─끝까지 잡는다.

"끝까지… 잡는다?"

심대평이 영화 제목을 되뇐 후, 고개를 돌렸다.

"저거… 뭡니까?"

심대평의 질문에 박중배는 대답하지 않았다.

"저 영화 대체 뭡니까?"

같은 질문을 되레 던졌다.

'뭔가 잘못됐다!'

그 순간, 심대평의 머릿속이 헝클어졌다.

"저 영화에 대해서 빨리 알아봐……."

박중배에게 부탁하던 심대평이 도중에 입을 다물었다.

이미 휴대 전화를 주머니에서 꺼내서 부하 직원과 통화하고 있는 박중배의 모습을 확인했기 때문이었다.

"어디? 그래. 투자는? 일단 알았어. 좀 더 알아보고 난 후에 뭔가 알아내면 바로 다시 연락해."

박중배가 부하 직원과 통화를 마치자마자, 심대평이 재빨리 물었다.

"뭐라고 합니까?"

"방금 TV 광고에 등장한 '끝까지 잡는다'라는 작품, 유니버스 필름과 레볼루션 필름이 공동 제작한 작품입니다."

'그럴 리가… 그럴 리가… 없는데.'

온몸의 피가 다 빠져나간 것처럼 머리가 핑 돌았다.

'왜 '우리 공공의 적'이 아니지?'

잠시 후, 심대평이 퍼뜩 떠올린 생각이었다.

'텔 미 에브리씽' 이후 서진우를 계속 경계하며 주시했다.

그 과정에서 송태경을 만나서 서진우가 작업을 맡겼던 작품에 대해서 물어보았다.

당시에 송태경은 서진우가 작업을 맡겼던 작품이 '우리 공공의 적'이라고 대답했었다.

그래서 서진우의 차기작이 '우리 공공의 적'이라고 확신하고 있었고.

그런데 정작 서진우가 '텔 미 에브리씽'과 'IMF' 이후 제작한 차기작은 '끝까지 잡는다'였다.

"유니버스 필름과 레볼루션 필름에서 공동 제작 하고 있는 작품이 없다고 말하지 않았습니까?"

심대평이 원망 섞인 질문을 던진 순간, 박중배도 당황한 기색으로 대답했다.

"저도 몰랐습니다. 신생 투배사에서 투자와 배급을 맡아서요."

"신생 투배사요?"

"네. Now&New라는 곳입니다."

'Now&New?'

'끝까지 잡는다'의 투자와 배급을 맡은 신생 투배사의 이름이 Now&New라는 정보를 접한 심대평이 표정을 굳혔다.

처음 들어 보는 사명!

그런데 왠지 낯이 익다는 생각이 들었기 때문이었다. 그리고 심대평이 떠올린 투자 배급사는 'NG 엔터테인먼트'였다.

Now&New와 NG 엔터테인먼트.

얼핏 살피기에는 유사점이 없었다.

그러나 NG 엔터테인먼트는 New Generation Entertainment의 약자였다.

New라는 단어가 공통적으로 들어갔다.

'아냐, 그럴 리가 없어.'

잠시 후, 심대평이 고개를 가로저었다.

NG 엔터테인먼트가 벌써 세워졌을 가능성이 없어서였다.

리온 엔터테인먼트, 쇼라인 엔터테인먼트, 빅히트 엔터테인먼트.

세 곳의 메이저 투배사들이 삼분하고 있던 영화계에 혜성처럼 등장해서 그들의 아성을 위협했던 NG 엔터테인먼트.

하지만 심대평이 기억하는 NG 엔터테인먼트는 지금으로부터 십 년 가까이 더 지난 후에 세워졌었다.

그래서 심대평의 계획 중 하나가 십 년 후 NG 엔터테인먼트의 지분을 매입하는 것이었는데.

그때였다.

"빅히트 엔터테인먼트 부팀장이었던 한우택이 사직서를 내고 설립한 투배사입니다. 직원 연봉을 비정상적으로 높이 책정해서 리온 엔터테인먼트 직원들 중 일부가 Now&New로 옮겨서 골머리를 앓고……."

박중배가 신생 투배사 Now&New에 대한 설명을 더했다.

그렇지만 심대평은 다른 것은 제대로 귀에 들어오지 않았다.

'한우택'이라는 이름 세 글자만 귀에 박혔다.

"방금… 한우택이라고 했습니까?"

"네. 빅히트 엔터테인먼트 투자 팀 부팀장으로 있던 친구인데. 혹시 아는 사이입니까?"

당연히 알고 있었다.

한우택은 NG 엔터테인먼트의 대표 이사였으니까.

'한우택이… 왜 벌써 등장해?'

예상보다 훨씬 이른 시점에 한우택이 설립한 Now&New가 등장한 탓에 NG 엔터테인먼트의 지분을 매입하려던 심대평의 계획은 완전히 어그러진 셈이었다.

'지금 지분 매입이 중요한 게 아니지.'

심대평이 고개를 힘껏 흔들었다.

'왜 사명이 바뀌었지?'

한우택의 등판 시기만 바뀐 게 아니었다.

NG 엔터테인먼트에서 Now&New로.

사명도 바뀌어 있었다.

심대평을 당혹스럽게 만들기에 충분한 상황.

그런데 당혹스러운 것은 하나 더 있었다.

Now&New의 창립 작품이 하필 유니버스 필름과 레볼루션 필름이 공동 제작 한 '끝까지 잡는다'라는 것이었다.

'너무 공교로운 것 아닌가?'

그리고 과연 Now&New가 창립 작품으로 하필 유니버스 필름과 레볼루션 필름이 공동 제작 한 '끝까지 잡는다'를 선택한 것이 우연이 아닐 거란 의심을 품었을 때였다.

지이잉, 지이잉.

박중배의 휴대 전화가 진동했다.

"어? 알아봤어? 뭐? 한성 연쇄 살인 사건이 주요 소재라고? 돌아 버리겠네. 알았어, 더 자세히 알아봐."

부하 직원과 통화를 마친 박중배의 표정은 와락 일그러져 있었다.

"심 대표님, '끝까지 잡는다'의 주요 소재가 한성 연쇄 살인 사건이라고 합니다. 이게 대체 어떻게 된 일입니까?"

아까와 달리 박중배의 목소리는 싸늘했다.

'당했다!'

심대평의 머릿속이 아득해졌다.

'살인의 기억'이 아니라 '끝까지 잡는다'로 제목을 바꿔 버린 탓에 그동안 전혀 낌새를 알아채지 못했다.

게다가 아까 광고에서 등장했던 개봉일은 일주일 후.

'살인의 기억'보다 개봉일이 정확히 일주일 더 빨랐다.

'전부 계획한 거겠지.'

서진우에게 완벽하게 당했다는 생각을 하며 심대평이 입을 뗐다.

"표절입니다. 레볼루션 필름 서진우 대표가 '살인의 기억'을 표절한 겁니다."

그 대답을 들은 박중배가 다시 질문했다.

"증거 있습니까?"

"증거는……."

심대평의 말문이 턱 막혔다.

일단 표절을 당한 거라고 주장하긴 했지만, 표절을 당했다는 것을 입증할 방법이 없다는 사실 때문이었다.

'방법이… 없다!'

굳이 비교하자면 '텔 미 에브리씽' 때와 유사했다.

'텔 미 에브리씽'을 빼앗긴 것이 분하고 금전적 손실이 크게 발생하긴 했지만, 결국 표절 소송을 진행할 수는 없었다.

표절을 입증할 증거가 없어서였다.

그런 심대평의 머릿속에 퍼뜩 한 가지 생각이 스치고 지나갔다.

'서진우는 회귀자일 확률이 무척 높다!'

*   *   *

서부지검 근처 커피 전문점으로 이청솔이 들어왔다.

"선배님, 오셨습니까?"

"미안해, 좀 늦었지? 회의가 길어졌어."

이청솔이 사과한 후 자리에 앉으며 질문했다.

"무슨 일 있는 것 아니지?"

"네?"

"후배가 워낙 사건 사고를 많이 몰고 다니는 탓에 갑자기 전화가 걸려 오면 걱정부터 돼서 말이지."

"이번에는 아닙니다."

내가 쓴웃음을 머금은 채 대답하자, 이청솔이 조금 안심한 표정으로 물었다.

"수사 결과가 좀 아쉽지?"

그의 말대로 수사 결과가 조금 아쉬운 것은 사실이었다.

특히 스타파워 이민호 대표가 기소되지 않았다는 것이 가장 아쉬운 부분.

"이민호 대표는 잡아넣을 방법이 없었습니까?"

그래서 내가 묻자, 이청솔이 고개를 끄덕였다.

"아주 영리한 놈이야. 증거를 하나도 안 남겼더라고."

"스폰서 제안을 받았던 여배우들의 진술로는 부족합니까?"

"입을 안 열어."

"네?"

"이민호 대표에게서 스폰서 제안을 받았다. 혹은 이민호 대표의 강요로 어쩔 수 없이 스폰서 제안을 받아들였다. 이런 진술이라도 받아 냈다면 어떻게든 기소를 해 보려고 했는데 여배우들이 진술을 안 해."

"왜 입을……?"

여배우들이 입을 다문 이유에 대해서 질문하려던 내가 도중에 멈췄다.

짐작 가는 이유가 있어서였다.

'후환이 두려운 거구나.'

연예인 스폰서 사건이 터진 후, 몇몇 여배우들의 이름이 매스컴에 오르내렸다.

그렇지만 검찰 측은 기자들에게 스폰서 제안에 응했던 여배우들의 명단을 확인해 주지 않았다.

그래서 그저 추측과 소문으로만 남았다.

덕분에 여배우들은 아직 연예계에 복귀할 수 있다는 희망을 갖고 있는 상황.

스타파워 이민호 대표를 적으로 만들었다가 후환이 돌아올 것이 두려워서 일제히 입을 다물어 버린 것이었다.

"얻은 게 별로 없네요."

빈 수레가 요란하다는 표현이 딱 어울리는 상황이란 생각이 들어서 내가 말하자 이청솔이 고개를 흔들었다.

"그래도 약점을 손에 쥐었잖아."

"언제 써먹을 수 있을지도 모를 약점이잖습니까?"

"분명히 요긴하게 쓰일 때가 있을 거야."

이청솔이 위로하듯 대답한 순간, 내가 다시 질문했다.

"검찰 정기 인사가 얼마 남지 않은 걸로 알고 있습니다. 이번에 검사장으로 승진하시는 게 가능하실 것 같습니까?"

"아무래도 이번엔 힘들 것 같아. 원래 위로 올라갈수록 통과해야 하는 문이 좁아지는 법이거든."

"그렇죠."

"후배가 많이 도와줬는데 미안하군."

이청솔이 직접 수사를 지휘한 연예인 스폰서 사건은 큰 이슈가 됐다.

하지만 이 정도로는 정기 인사에서 검사장으로 진급하기에는 부족하다는 뜻.

그의 말뜻을 이해한 내가 다시 입을 뗐다.

"아쉽지 않으십니까?"

"아쉽지만 어쩌겠어. 다음에 다시 좋은 기회가 오겠지."

"그 기회, 지금 제가 드릴까요?"

내가 슬쩍 미끼를 던지자, 이청솔이 은테 안경 너머 두 눈을 빛냈다. 그러나 그는 신중하게 접근했다.

"아까도 말했지만 검사장 진급은 쉽지 않아."

"검사장으로 진급을 시켜 주지 않을 수 없을 정도로 큰 사건을 해결하시면 가능하지 않겠습니까?"

"그럴 만한 큰 사건이……."

"한성 연쇄 살인 사건의 진범을 잡으면요?"

내가 한성 연쇄 살인 사건을 언급한 순간, 이청솔이 자세를 고쳐 앉았다.

그런 그의 시선이 더욱 강렬해진 순간, 내가 미리 준비해 온 봉투를 안주머니에서 꺼내서 탁자 위에 올려놓았다.

"이게 뭐지? 혹시……."

"뭘 상상하고 계시는 겁니까?"

"혹시 한성 연쇄 살인 사건 진범의 이름과 신상이 적혀 있는 게 아닐까 하는 생각이 잠시 머리를 스치고 지나갔어. 그런데… 그게 가능할 리가 없잖아."

이청솔이 멋쩍게 웃으며 머리를 긁적였다.

'절반은 가능합니다.'

그런 그에게 내가 속으로 대답했다.

비록 상세한 신상 정보까지는 몰라도, 한성 연쇄 살인 사건 진범의 이름은 알고 있었으니까.

그때, 이청솔이 봉투를 집어 들어서 내용물을 확인했다.

"보자, 이건… 영화 티켓이로군. 제목이 '끝까지 잡는다'?"

"제가 약속은 꼭 지키는 성격입니다. 제가 제작한 영화가 개봉할 때는 선배님께 티켓을 보내 드리겠다고 일전에 약속드리지 않았습니까?"

"그럼 '끝까지 잡는다'라는 영화도 후배가 제작한 거야?"

"네, 맞습니다."

내가 제작한 영화라고 밝히자, 이청솔은 놀란 기색을 감추지 못했다.

"후배, 밤에 잠은 자는 거야? 무슨 일을 이렇게 많이 해?"

"아직 젊으니까 부지런히 일해야죠."

"그 젊음이 부럽군. 어쨌든 고마워. 후배 덕분에 또 마누라에게 점수 좀 따겠어."

"선배님은 영화가 지루하게 느껴질 수도 있습니다."

"왜? 혹시 멜로 장르 영화야? 보자, 제목이 '끝까지 잡는다'니까 첫사랑을 끝까지 쫓아가서 질질 짜는 내용인 거야?"

"그건 아닙니다. 스릴러 장르 영화입니다."

"그런데 왜 지루할 수도 있다는 거야? 내가 스릴러 장르의 영화는 좋아해."

"두 번째 보시게 되면 아무래도 흥미가 떨어지지 않겠습니까?"

"그게 무슨 소리야?"

"아까 오늘 시간 괜찮으시다고 말씀하셨죠?"

"그래, 오랜만에 후배와 같이 밥 먹으려고 선약 다 취소

했어."

"일어나시죠."

"벌써? 저녁 먹기에는 너무 이른데?"

이청솔이 시간을 확인한 후 살짝 당황한 표정을 지었다.

"밥 먹으러 가는 것 아닙니다."

"그럼 어딜 가는 건데?"

내가 웃으며 대답했다.

"선배님을 위해서 특별 시사회를 준비했습니다."

＊　　　　　＊　　　　　＊

—비밀 유지 서약서

서류를 대충 훑어본 후 이청솔이 펜을 들며 물었다.

"여기 서명하면 되는 건가?"

"네."

샤사삭.

이청솔이 개봉 전까지 영화 내용을 스포일러 하지 않겠다는 비밀 유지 서약서에 서명을 마쳤을 때였다.

"번거롭게 해 드려서 죄송합니다. 제가 선배님을 못 믿어서가 아니라……."

"이해해. 그리고 오히려 고마워. 후배 덕분에 나 혼자 극장에서 영화를 관람하는 흔치 않은 기회를 얻었으니까."

"이해해 주셔서 감사합니다."

"그런데 영화를 보기 전에 어떤 내용인지 귀띔이라도 해 주면 안 될까?"

"한성 연쇄 살인 사건이 소재입니다."

'뭔가 있다!'

이청솔의 직감이 경종을 울렸다.

인생에서 아주 중요한 순간이 찾아왔다고 직감이 소리치고 있었다.

'대체 뭘까?'

지금껏 자신이 경험했던 서진우는 빈말을 하는 스타일이 아니었다.

그래서 이청솔이 참지 못하고 다시 질문했다.

"후배, 대체 뭐야?"

"선배님, 질문은 영화를 다 관람하시고 하시죠. 시간 많습니다."

"그래, 내가 너무 서둘렀군."

"들어가시죠."

"나 혼자 봐? 안 들어가?"

"혼자 영화를 보시는 편이 선배님께서 생각을 정리하시기에 더 좋을 것 같습니다."

"…알았어."

이청솔이 작은 극장 안으로 들어갔다.

"혼자 영화를 보는 건 처음이로군."

기분이 묘했다.

그 사이 불이 꺼지고 영화가 시작됐다.

"이 새끼, 범인 맞아. 범인 맞다니까."

영화를 관람하던 이청솔이 주먹을 불끈 움켜쥐었다.

비록 지금은 차장 검사가 됐지만, 이청솔도 형사부 평검사 시절이 있었다. 그리고 평검사 시절 흉악 사건의 범인을 잡기 위해서 현장을 누비던 기억이 떠올라 부지불식간에 피가 끓어오르는 것이었다.

"개새끼!"

영화에 오롯이 집중한 이청솔이 한성 연쇄 살인 사건의 진범을 향해서 욕설을 내뱉었다.

잠시 후, 영화는 막바지로 치달아갔다.

증거불충분으로 끝내 풀려난 유력 용의자, 그리고 얼마 지나지 않아서 발생한 또 한 건의 살인 사건.

"살려… 살려 주세요. 제발 살려 주세요. 아이가… 아이가 있어요."

새로운 피해자가 공포에 질린 표정으로 얼굴이 드러나지 않는 한성 연쇄 살인 사건의 진범에게 살려 달라고 애원하는 모습을 보여 주며 영화는 끝이 났다.

후우.

영화가 끝난 순간, 이청솔이 긴 한숨을 내쉬었다.

한성 연쇄 살인 사건의 새로운 피해자가 된 여성이 아이가 있다며 살려 달라고 애원하던 모습이 눈앞에 자꾸 되살아났다.

"막아야 해."

어떻게든 추가 피해자가 발생하는 것을 막고 싶었다. 그래서 이청솔이 비장한 표정으로 혼잣말을 뇌까렸을 때였다.

"저도 막고 싶습니다."

서진우가 불 꺼진 영화관 안으로 들어와서 말했다.

"아까운 선배님의 시간만 빼앗은 게 아닌지 모르겠습니다."

"아니야, 영화 아주 재밌게 봤어."

"다행이네요."

"후배는 참 대단해. 이번에도 흥행할 것 같아."

이청솔이 덕담을 건넸지만, 서진우는 환하게 웃지 않았다.

"선배님이 막아 주십시오."

대신 비장한 표정으로 자신에게 부탁했다.

"내게 뭘 막아 달라는 거야?"

"추가 피해자가 발생하는 것 말입니다."

"나도 막고 싶어. 정말 저 개새끼 잡고 싶어. 그런데… 잡을 방법이 없잖아."

이청솔이 답답한 표정으로 말을 마쳤을 때였다.

"저 개새끼를 잡을 방법은 이미 알고 계십니다."

서진우가 말했다.

"내가 방법을 안다고?"

"네. 영화를 보셨으니까요."

"대체 무슨 소리를……?"

미간을 찌푸린 채 질문하던 이청솔이 도중에 입을 다물었다.

'방금 영화를 봤으니 내가 한성 연쇄 살인 사건의 진범을 잡을 수 있는 방법을 알고 있다고 말했지.'

이청솔이 팔짱을 낀 채 '끝까지 잡는다'의 내용을 반추했다.

'거의… 잡을 뻔했었어.'

영화 속에서 한성 연쇄 살인 사건의 진범을 집요하게 쫓는 형사 역할을 연기한 배우의 이름은 몰랐다.

하지만 진짜 형사처럼 집념이 강했다. 그리고 끈질긴 수사 끝에 한성 연쇄 살인 사건의 진범을 찾는 데 근접했었다.

그러나 결국 어렵게 검거했던 유력 용의자를 놔줄 수밖에 없었다.

결정적인 증거를 찾지 못해서였다.

'아니지.'

이청솔이 고개를 흔들었다.

형사는 결정적인 증거를 찾았다.

피해자 중 한 명이 입었던 옷에서 발견된 미세 혈흔이 바로 그 결정적인 증거였다.

그럼에도 불구하고 유력 용의자를 진범이라고 특정하지 못했던 이유.

옷에서 발견된 미세 혈흔에서 DNA를 분석할 기술이 없어서였다.

거기까지 생각이 미친 순간, 이청솔이 서진우에게 고개를 돌렸다.

"지난번에 시나리오 집필을 하는 데 필요하단 이유로 한성 경찰서에 찾아가고 싶다고 부탁했었지? 혹시 그때 경찰서에서 뭘 발견한 거야?"

"피해자들의 유품과 의류를 보다가 문득 그런 생각이 들었습니다."

"어떤 생각?"

"아깝다는 생각이요."

"……?"

"이 유품과 옷가지들 중에 한성 연쇄 살인 사건의 진범을 특정할 수 있는 결정적인 DNA 증거가 남아 있을 수도 있는데, 수사에 활용하지 않고 이렇게 증거 보관실에 처박아 두는 것이 너무 아까웠습니다."

"그래서 주인공이 미국으로 옷가지들을 보내서 감정을 의뢰한 건가?"

"미국의 과학 수사가 한국보다 더 발전했으니까요."

"정말 미국으로 옷가지들을 보내면… 한성 연쇄 살인 사건 진범을 특정할 수 있는 DNA 증거를 확보할 수 있을까?"

"거기까지는 저도 모르겠습니다. 하지만……."

"하지만 뭐야? 빨리 말해 봐."

"일말의 가능성이라도 있다면 시도해 보는 것이 맞다고 생각합니다. 한성 연쇄 살인 사건의 진범을 하루라도 빨리 잡아야만 또 다른 피해자가 발생하는 것을 막을 수 있으니까요."

서진우가 이야기를 마친 순간, 이청솔의 눈앞에 '끝까지 잡는다'의 마지막 장면에서 범인에게 살려 달라고 애원하던 또 다른 피해자의 공포에 질린 얼굴이 다시 떠올랐다.

"후배 말이 맞아. 일말의 가능성이라도 있다면 시도해 보는 게 옳아."

그래서 고개를 끄덕이며 동의했던 이청솔이 다시 질문했다.

"그런데 영화에서는 피해자 옷가지를 미국으로 보내서 한성 연쇄 살인 사건 진범의 DNA를 확보하고도 비교 대상이 없어서 풀어 줬잖아? 그럼 결국 영화와 달라질 게 없는 것 아냐? 현재는 중범죄자들의 DNA를 채취해서 관리하고 있지 않으니까⋯⋯."

"선배님, 하나씩 하시죠."

"하나씩?"

"일단 한성 연쇄 살인 사건 진범의 DNA를 확보하고 나면, 또 어떤 돌파구를 찾을 수도 있지 않겠습니까?"

"이번에도 후배 말이 맞아. 내가 너무 서둘렀군."

이청솔이 사과한 순간이었다.

"저는 '끝까지 잡는다'가 흥행에 성공하길 바라고 있습니다."

"돈을 많이 벌고 싶어서?"

"물론 작품이 흥행해서 돈을 버는 것도 중요합니다. 영화 제작자인 제 입장에서는 무시할 수 없는 부분이죠. 하지만 이 작품이 흥행하길 바라는 데는 다른 이유도 있습니다."

"어떤 이유지?"

"한성 연쇄 살인 사건의 진범이 이 작품을 관람하길 원하기 때문입니다."

"진범이 영화를 보길 원한다고?"

"네. 그럼 무척 불안해지겠죠. 그리고 그때는 진범이 어떤 리액션을 취할 겁니다. 그 과정에서 실수를 범할 가능성이 높고요."

"일단 한성 연쇄 살인 사건 진범의 DNA를 확보한 후에 그놈이 실수하기를 기다리자. 이게 맞아?"

"네, 맞습니다."

"오케이, 한번 해 보자고."

이청솔이 결심을 굳힌 채 덧붙였다.

"그럼 난 '끝까지 잡는다'가 흥행하길 응원해야겠군."

*   *   *

"정말… 같은 작품일까?"

달달.

초조해서 담배를 들고 있는 손이 자꾸 떨렸다.

'끝까지 잡는다'와 '살인의 기억'.

과연 같은 작품일까에 대해서 계속 생각했다. 그리고 두려움이 생기지 않는다면 거짓말이었다.

'끝까지 잡는다'가 '살인의 기억'을 표절했다는 사실을 입증할 방법이 없는 상황.

만약 같은 작품이라면 '살인의 기억'은 개봉조차 불가능할 수도 있었다.

그리고 그때는 리온 엔터테인먼트 측에서 가만히 손 놓고 있을 리 없었다.

투자금 반환 및 손해 배상 소송을 시작할 것이고, 그 경우에 자신은 말 그대로 궁지에 몰릴 것이었다.

"가서 확인하자."

두렵다고 해서 계속 피할 수 있는 상황이 아니었다.

지금은 극장으로 들어가서 자신의 눈으로 확인해야 했다.

담배를 구둣발로 비벼 끈 심대평이 극장 안으로 들어갔다.

'끝까지 잡는다'의 상영관으로 들어선 심대평은 우선 관객 수를 확인했다.

'매진… 이군!'

'텔 미 에브리씽'과 'IMF'라는 흥행작을 잇따라 배출한 유니버스 필름과 레볼루션 필름에 대한 믿음 때문일까.

아니면, 프라임 시간대에 TV 광고를 한 덕분일까.

상영관에 빈자리는 없었다.

가장 뒤편 구석 자리에 앉은 심대평이 긴장하고 있을 때, 불이 꺼지고 영화가 시작됐다.

그리고 약 두 시간 후, 영화가 끝이 났다.

엔딩 크레딧이 올라가기 시작한 순간, 영화를 관람한 관객들이 관람평을 쏟아 냈다.

"진짜 잡아서 갈기갈기 찢어 죽이고 싶다."

"아, 진짜 짜증 나."

"저 개새끼. 진심 죽이고 싶다."

"경찰이 이 영화를 봐야 하는데."

"와, 진짜 개빡친다. 오늘 밤에 잠은 다 잤네."

험한 말들이 앞다투어 쏟아져 나왔다.

하지만 영화에 대한 악평이 아니었다.

영화의 몰입도가 워낙 뛰어났기에 한성 연쇄 살인 사건의 진범에 대해서 분노를 쏟아 내는 것이었다. 그리고 관객들이 일어서서 썰물처럼 상영관을 빠져나가기 시작했지만, 심대평은 자리에서 일어서지 못했다.

'서진우는… 회귀자다.'

어쩌면 서진우가 회귀자가 아닐까 하는 의심을 품었다.

그렇지만 확신을 갖지 못해 결론을 내리는 것을 보류하고 있었는데.

'끝까지 잡는다'를 관람하고 난 후, 심대평은 의심을 지웠다.

대신 확신을 품었다.

'왜… 바꿨지?'

잠시 후, 심대평이 고개를 갸웃했다.

'살인의 기억'에서 '끝까지 잡는다'로.

서진우는 작품의 제목을 바꾸었다. 그리고 제목만 바꾼 것이 아니었다.

심대평이 관람한 '끝까지 잡는다'는 '살인의 기억'과 내용도 달라졌다.

'굳이 내용을 바꿀 이유가 있었나?'

회귀자의 특권 중 하나.

미래 지식을 알고 있어서 선점이 가능하다는 것이었다.

심대평 역시 그 특권을 활용해서 작품성과 흥행성을 두루 갖춘 '살인의 기억'을 선점하려고 했었고.

그 과정에서 심대평은 가능하면 아무것도 바꾸지 않으려고 노력했다.

물론 감독이 박도빈에서 강천욱으로 바뀌었고 출연 배우들도 일부 바뀌었지만, 그건 신인 제작자의 한계로 인한 어쩔 수 없었던 선택이었다.

어쨌든 심대평이 가능하면 아무것도 바꾸지 않으려고 했던 이유.

변수를 최소한으로 줄이기 위함이었다.

그런데 서진우는 달랐다.

유니버스 필름과 레볼루션 필름은 이미 여러 편의 흥행작을 배출해 낸 상황.

마음만 먹는다면 기존 '살인의 기억'과 아무것도 바꾸지 않고 똑같은 영화를 제작할 수 있는 여건이 갖춰져 있었다.

그렇지만 서진우는 작품의 내용을 대폭 바꾸었다.

'모르겠군!'

그 이유에 대해 고민하던 심대평이 한숨을 내쉬었다.

지금 중요한 건 이게 아니란 생각이 들어서였다.

"어떻게… 이런 일이 생길 수 있지?"

심대평이 양손으로 머리를 감싸 쥐었다.

회귀를 한 후, 무조건 성공한다고 확신했다.

실패 따위 없이 계속 승승장구할 거라고 확신했는데.

그 확신이 와르르 무너졌다.

회귀한 후 자신의 인생.

승승장구하는 것이 아니라 가히 최악의 상황에 맞닥뜨렸으니까.

그리고 회귀한 자신의 인생이 이렇게 꼬여 버린 이유는 또 다른 회귀자인 서진우 때문이었다.

분노가 치밀어 오른다.

잠시 후, 심대평의 생각이 미래로 향했다.

"앞으로도… 달라질 게 있을까?"

'텔 미 에브리씽'과 '살인의 기억'.

이미 두 작품을 서진우에게 빼앗겼다.

그리고 앞으로는 이런 상황이 반복되지 않을 거란 확신이
없었다.

"반복될 확률이 높지 않을까?"

굳이 따지자면 경쟁에서 우위에 서 있는 것은 서진우였다.

레볼루션 필름 대표 서진우는 유니버스 필름 이현주 대표
와 손잡고 '텔 미 에브리씽'과 'IMF', '끝까지 잡는다'까지 연달
아 흥행작을 배출했다.

반면 자신은 아직 입봉조차 못 한 신인 영화 제작자였다.

게다가 리온 엔터테인먼트와도 관계가 틀어질 대로 틀어져
버린 상황.

앞으로 영화를 제작할 때 서진우는 쉽게 제작할 수 있는
반면, 심대평은 가시밭길을 걸어야 했다.

그래서 앞으로도 이런 상황이 반복될 확률이 높다는 것에
대해 생각이 미친 순간, 분노가 맹렬한 살의로 바뀌었다.

"죽여 버리자."

텅 빈 상영관에 혼자 앉아 있던 심대평의 두 눈이 짙은 살
의로 물들었다.

*   *   *

탁.

펼쳐서 읽고 있던 로맨스 소설책을 덮은 신세연이 수첩을

펼쳤다.

총괄 팀장의 가장 중요한 업무는 식사 메뉴 선정.

그동안 신세연은 업무를 잘하기 위해서 고민하며 조사했고, 덕분에 SB컴퍼니 주변 맛집 정보를 훤히 꿰뚫고 있었다.

"점심 메뉴로 갈비찜은 너무 과하려나?"

신중한 표정으로 점심 메뉴를 고민하던 신세연이 결국 부대찌개로 점심 메뉴를 결정하고 대표실 앞으로 다가갔다.

똑똑.

노크를 해서 점심 식사 시간이 다 돼 간다는 사실을 알린 신세연이 열어 둔 창문을 닫기 위해서 움직일 때였다.

"신세연 씨, 오늘 점심 메뉴는 무엇인가요?"

서진우의 목소리가 등 뒤에서 들려왔다.

"어머, 부대표님, 오셨어요?"

신세연이 반갑게 인사한 후, 조금 전에 결정한 메뉴를 알려 주었다.

"부대찌개를 먹으려고요."

"제가 온다는 걸 알고 결정한 건가요?"

"네?"

"오랜만에 부대표가 회사로 찾아와서 부대찌개로 메뉴를 결정한 게 아닌가 해서요."

"……."

"재미없었나 보네요."

서진우가 멋쩍은 표정으로 머리를 긁적였다.

'유머 감각은 없으신 편이네.'

신세연이 속으로 생각하며 충고했다.

"부대표님, 노파심에서 드리는 말씀인데 글은 쓰지 마세요."

"네?"

"재미가 없을 것 같거든요."

신세연이 충고를 마쳤을 때였다.

"충무로의 떠오르는 천재 작가에게 그런 충고를 한 사람은 아마 총괄 팀장님뿐일 걸요."

백주민이 대표실에서 나오며 말했다.

'천재 작가? 누가? 부대표님이?'

그 이야기를 들은 신세연이 당황했을 때, 백주민이 물었다.

"이번 작품의 시나리오도 부대표님이 직접 쓰신 겁니까?"

"이번엔 제가 안 썼습니다."

'뭐야? 농담이 아니었던 거야?'

백주민이 농담을 한 거라 여겼던 신세연이 더욱 당황하며 조심스럽게 질문했다.

"부대표님이 글도 쓰세요?"

"네, 주로 시나리오를 쓰죠."

"혹시 부대표님이 쓰신 시나리오 중에 개봉한 작품도 있나요?"

"당연히 있죠. 우리 부대표님이 충무로의 떠오르는 천재 작가라고 소문이 자자하다니까요."

"어떤 작품인데요?"

"'텔 미 에브리씽'과 'IMF'라는 작품의 시나리오를 부대표님이 썼어요."

'헉!'

신세연의 취미는 독서와 영화 감상.

아까 백주민이 말했던 '텔 미 에브리씽'과 'IMF'라는 작품을 모두 관람했다.

그리고 두 작품 모두 감명 깊게 봤었는데.

그 두 작품의 시나리오를 집필한 작가가 바로 서진우라는 사실을 알게 된 순간, 커다란 충격이 밀려들었다.

"정말… 이세요?"

"네, 제가 쓴 것 맞습니다."

'헐, 진짜였어!'

신세연이 당혹스러운 표정으로 서진우를 바라보았다.

'대체 정체가 뭐야?'

SB컴퍼니에서 함께 일하고 있지만, 신세연이 부대표 서진우에 대해서 알고 있는 것은 거의 없었다.

그 흔한 인사 서류조차 없었으니까.

그래서 막연히 서진우가 부잣집 아들이 아닐까 하는 추측을 하고 있었는데.

서진우가 '텔 미 에브리씽'과 'IMF'의 시나리오를 집필한 작가라는 사실을 알고 나서 급호기심이 생겼을 때였다.

"더 놀라운 사실을 알려 드릴까요?"

"무엇인데요?"

"두 작품의 제작도 제가 했습니다."

'시나리오 작가인 데다가 영화 제작도 했다고?'

자신보다도 한참 어려 보이는 서진우의 앳된 얼굴을 빤히 응시하던 신세연이 급히 손을 들어 입을 틀어막았다.

'아까 내가 무슨 짓을 한 거야?'

백주민의 표현대로라면 서진우는 충무로에서 떠오르는 천재 작가.

그리고 허풍이 아니었다.

서진우는 '텔 미 에브리씽'과 'IMF'라는 흥행작의 시나리오를 집필한 작가였으니까.

그런데 아까 서진우에게 글을 쓰지 말라고 충고했다.

'망발도 이런 망발이 없잖아.'

그래서 신세연이 당혹스러운 표정을 감추지 못하고 있을 때였다.

"오늘쯤 찾아오실 거라고 예상했습니다."

백주민이 서진우에게 말했다.

"'끝까지 잡는다'가 개봉했으니까요?"

"네."

"나름대로는 최선을 다했습니다. 그리고 영화는… 그냥 직접 보시고 판단하시죠."

서진우가 봉투를 꺼내서 탁자 위에 올려놓았다.

"영화 티켓입니다. 두 분이 함께 보세요."

"기대가 아주 큽니다."

"기대에 부응했어야 할 텐데 걱정이 되네요."

"아마 기대 이상일 겁니다."

"……?"

"부대표님이 제작한 영화이니까요."

'아, 끈끈하다!'

대화를 나누며 서로를 바라보는 서진우와 백주민의 눈빛이 무척 강렬하단 생각을 하고 있을 때였다.

"영화를 보고 난 후 저와 소주 한잔하시죠."

백주민이 제안했다.

"그렇게 하시죠."

서진우가 흔쾌히 대답한 후 제안했다.

"이제 부대표와 함께 부대찌개 먹으러 갈까요?"

*   *   *

원래는 일행과 함께 부대찌개를 먹을 계획이었다.

그런데 도중에 계획을 바꾼 이유는 신은하에게서 걸려 온 전화 때문이었다.

―지금 좀 볼까?

"제가 선약이 있습니다."

―영화 봤어.

"…보셨군요."

―어선재 특실이야. 올 거지?

신은하가 봤다는 영화는 '끝까지 잡는다'.

그리고 영화를 봤다는 그녀의 말은 무척 의미심장하게 느껴졌다

그녀 역시 회귀자였기 때문이었다.

"어떤 이야기를 할까?"

어선재에 도착한 후 주차를 마친 후 바로 차에서 내리지 않고 한숨을 내쉬었다.

난 회귀자를 알아볼 수 있는 능력인 회귀자 감별 능력을 갖고 있다.

회귀자의 고백을 듣고 회귀를 한 변종 회귀자인 덕분이었다.

하지만 신은하는 변종 회귀자가 아니라 일반 회귀자였다.

그래서 회귀자 감별 능력을 갖지 못했다.

"내가 회귀자가 아닐까 하는 의심을 품고 있을 거야. 아니, 내가 회귀자라는 확신을 했을 거야."

만약 내가 회귀자라는 사실을 들키지 않으려고 했다면?

난 '끝까지 잡는다'라는 작품을 제작해서는 안 됐다.

그럼에도 불구하고 내가 '끝까지 잡는다'라는 작품의 제작을 강행한 이유.

한성 연쇄 살인 사건의 진범인 변춘제에 의해 더 많은 무고한 피해자가 발생하는 것을 막기 위한 고육지책이라 할 수 있었다.

"어차피… 각오했던 일이잖아."

신은하만이 아니었다.

심대평, 그리고 백주민도 내가 회귀자가 아닐까 하는 의심을 갖고 있었는데 지금은 확신으로 바뀌었을 것이었다.

"부딪쳐 보자."

결심을 굳힌 내가 차에서 내린 후 어선재로 들어갔다.

드르륵.

특실 문을 열자, 신은하가 앉아 있는 모습이 보였다.

"역시 왔네."

그녀가 생긋 웃으며 말했다.

"꼭 와야 할 자리 같아서요."

"그렇게 서 있지 말고 어서 앉아."

내가 맞은편에 앉자, 신은하가 제안했다.

"술 한잔할래?"

아직 대낮이었지만, 난 제안을 거절하지 않았다.

"주시죠."

쪼르륵.

소주병을 기울여서 내가 들어 올리고 있던 잔을 채우던 신은하가 웃으며 말했다.

"영화, 아주 재밌더라."

"감사합니다."

"그런데… 한성 연쇄 살인 사건의 진범이 누구야?"

내가 소주잔을 비운 후 한숨을 내쉬었다.

'신은하 씨도 진범을 알고 있지 않습니까?'

이렇게 쏘아붙이려다가 내가 도중에 마음을 바꾸고 다른 대답을 꺼냈다.

"그거야 범인이 잡히면 알 수 있겠죠."

"진우, 너도 모른다는 뜻이지."

"네."

"정말 몰라?"

꽈악.

빈 소주잔을 쥐고 있던 내 손에 힘이 들어갔다.

'불편하다!'

이미 예상했던 상황이지만, 마치 탐색이라도 하듯 속내를 감춘 채 이어지는 대화가 무척 불편했다.

"제가 어떻게 알겠습니까?"

내가 이를 악물고 대답한 후, 빈 소주잔을 앞으로 내밀었다.

"한 잔 더 주시죠."

"그래."

"앞으로 어떻게 하실 겁니까?"

신은하가 소주병을 기울여 잔을 채워 주고 있을 때, 내가 물었다.

"실은 그것 때문에 만나자고 했어."

"네?"

"난 계획대로 하고 싶어."

"계획대로라면……?"

"곧 '골든키 스튜디오'와의 전속 계약 기간이 끝나. 그리고 난 '블루윈드'로 소속사를 옮기고 싶어. 그런데 승낙이 안 떨어지네."

"……?"

"대섭 오빠가 진우 네 허락부터 받아 온 다음에 얘기하자고 하네. 진우 네가 '블루윈드' 최대 지분 보유자니까 눈치를 보지 않을 수 없겠지."

"정말 '블루윈드'로 옮기고 싶은 겁니까?"

"그 대답은 이미 지난번에 했던 것 같은데?"

"그때와 지금은 시간이 많이 흘렀으니까요."

"내 마음이 변했을 수도 있다?"

"네."

"안 변했어."

신은하가 망설이지 않고 대답한 순간, 내가 다시 질문했다.

"불편하지 않겠습니까?"

난 신은하가 무척 불편하다.

그녀가 나처럼 회귀자라는 사실을 알고 있기 때문이다.

그리고 예전과 지금은 상황이 달라졌다.

예전의 신은하는 내가 회귀자가 아닐까 하는 의심을 했던 정도였다.

아니, 그런 의심조차 없이 날 천재라고 판단했을 수도 있었다.

하지만 지금은 신은하도 내가 회귀자라는 확신을 갖고 있다.

그래서 그녀 역시 날 대하는 과정에서 불편함을 느낄 가능성이 높다고 판단해서 던진 질문.

"전혀."

"네?"

"하나도 안 불편하다고."

그렇지만 신은하에게서 돌아온 대답은 내 예상과 달랐다.

"불편할 이유가 없잖아."

"하지만…"

"진우, 넌 내가 많이 불편해?"

"네."

부지불식간에 본심이 드러나는 대답을 한 순간, 신은하가 뺨을 부풀렸다.

"내가 너무 들이대서 불편했나 보구나."

'당신이 회귀자라는 사실을 알고 있어서 불편해한다는 것, 알고 있지 않습니까?'

내가 속으로 소리쳤을 때, 신은하가 덧붙였다.

"앞으로는 덜 들이댈게. 그러니까 우리 그냥… 지금처럼 지내면 안 될까?"

'지금처럼… 지내자?'

신은하의 제안은 이번에도 내 예상과 달랐다.

앞으로도 지금처럼 지내자는 제안.

서로가 회귀자라는 사실을 알고 있다고 하더라도 크게 달라질 것은 없지 않느냐는 것처럼 느껴졌다.

'정말 그럴 수 있을까?'

잠시 망설이던 내가 신은하에게 질문했다.

"우리가… 친구가 될 수 있을까요?"

그 질문에 신은하가 바로 반문했다.

"지금까지 친구 아니었어?"

"그건 그렇지만……."

신은하가 생긋 웃으며 다시 질문했다.

"한 번 친구는 영원한 친구 아냐?"

＊　　　　　＊　　　　　＊

저녁 식사 메뉴는 비빔밥이었다.

비빔밥을 숟가락에 잔뜩 떠서 입으로 가져가고 있는 백주민을 신세연이 빤히 바라보고 있을 때였다.

그 시선을 느꼈을까?

백주민이 밥알을 씹으며 물었다.

"왜 그렇게 봐요?"

"네?"

"혹시 내 얼굴에 뭐가 묻었어요?"

"아닙니다."

"그럼 왜 그렇게 빤히 보는 건데요?"

"그냥… 이요."

신세연이 당황한 기색으로 대충 얼버무렸을 때였다.

"궁금한 게 많이 생겼죠?"

백주민이 다시 질문했다.

그런 그의 예상대로였다.

'내가 전생에 나라를 구했나 보다. 그래서 내 분에 넘치는 꿈의 직장에 입사할 수 있었던 거야.'

처음에는 이렇게 생각하고 말았다.

그런데 신세연의 눈에는 반백수나 다름없던 백주민이 몇 달 새 50억이 넘는 투자 수익을 올렸다는 사실을 알고 난 후 호기심이 생기기 시작했다.

그리고 부대표인 서진우가 '텔 미 에브리씽'과 'IMF'라는 흥행 영화의 시나리오 작가이자 제작자라는 사실을 알고 난 후 호기심은 눈덩이처럼 불어났다.

그래서 신세연이 솔직하게 대답했다.

"궁금한 것들이 좀 있습니다."

그리고 궁금한 것들을 물어보려고 했을 때였다.

"혹시 묻지 마 투자라고 들어 봤어요?"

백주민이 먼저 질문을 던졌다.

"제가 투자에 대해서는 잘 몰라서⋯⋯."

"투자 회사인 SB컴퍼니 총괄 팀장 입에서 흘러나올 대답으로는 어울리지 않는 것 같은데요?"

"잘 아시잖아요. 제 주 업무가 아니라는 것이요."

"그럼 지금부터 알려 줄 테니까 잘 들어요. 묻지 마 투자는 주식 투자 전문가라고 주장하는 사람이 특정 종목의 주가가 오른다고 알려 주면 그 종목에 대해서 제대로 알아보지도 않고 투자하는 것을 일컫는 용어예요. 주로 주식 투자 초보자들이 묻지 마 투자를 하죠."

"아, 네."

'왜 갑자기 이런 이야기를 하는 거지?'

백주민의 친절한 설명 덕분에 묻지 마 투자에 대해서 알게 된 신세연이 의아함을 품었을 때였다.

"묻지 마 투자를 한 주식 투자 초보자들은 대개 손해를 보고 피눈물을 흘려요. 그리고 이런 후회를 하죠. 차라리 애초에 주식 투자에 관심을 갖지 말았어야 한다는 후회요."

"⋯⋯?"

"너무 깊이 알려고 하지 마세요. 세상에는 일반적인 상식으로 이해가 되지 않는 일도 있으니까요."

신세연의 장점 중 하나.

눈치가 빠르다는 점이었다.

'대표인 나와 부대표인 서진우에 대해서 자세히 알려고 하지 마라!'

방금 백주민이 건넨 말 속에 이런 경고가 담겨 있다는 것을 눈치챈 신세연의 표정이 굳어졌을 때였다.

"대충 다 먹은 것 같은데 이만 일어날까요?"

백주민이 제안했다.

"알겠습니다."

신세연이 냅킨을 꺼내서 입을 닦을 때, 백주민이 덧붙였다.

"여기는 다시 오지 맙시다. 중국산 참기름을 쓰는 것 같거든요."

"아, 네."

계산을 마치고 식당을 빠져나온 백주민이 말했다.

"오늘도 고생했어요. 퇴근하세요."

"네, 그럼 먼저 들어가겠습니다."

꾸벅 인사한 후, 신세연이 의아한 표정을 지었다.

백주민이 SB컴퍼니가 입점해 있는 명운 빌딩 방향과 반대쪽으로 걸어가고 있다는 사실을 알아채서였다.

"대표님, 회사는 이쪽인데요?"

신세연이 그 사실을 알려 준 순간, 백주민이 몸을 돌리며 대답했다.

"저도 압니다. 그런데⋯ 오늘은 약속이 있어서요."

　　　　*　　　　　　*　　　　　　*

　현재 내가 알고 있는 회귀자는 총 다섯 명이다.

　그중 일반 회귀자는 세 명, 변종 회귀자로 추정되는 인물이
두 명이다.

　"일본의 이토 겐지와 중국의 양쉰쿼 같은 변종 회귀자들은
이미 내가 회귀자라는 사실을 알고 있을 거야."

　변종 회귀자와 일반 회귀자의 가장 큰 차이.

　회귀자 감별 능력을 갖고 있다는 점이었다.

　그래서 변종 회귀자로 추정되는 이토 겐지와 양신쿼은 내
가 회귀자라는 사실을 이미 알고 있을 확률이 높았다.

　반면 일반 회귀자들은 회귀자 감별 능력이 없었다.

　따라서 지금까지는 회귀 후 내가 보였던 행보를 단서로 회
귀자가 아닐까 하고 의심하는 수준이었을 것이었다.

　그러나 '끝까지 잡는다'가 개봉한 후 상황은 변했다.

　신은하, 백주민, 그리고 심대평.

　내가 알고 있는 일반 회귀자들 모두 내가 회귀자가 아닐까
하는 의심을 지우고 확신을 품게 됐을 것이었다.

　'신은하는⋯ 회귀자인 내 존재를 인정했어. 그리고 회귀자
인 나와 함께 살아가겠다는 결정을 내렸어.'

　이미 어선재 특실에서 만나서 대화를 나눴던 덕분에 난 신

은하의 의도를 파악했다. 그리고 이제는 또 다른 일반 회귀자인 백주민의 의도를 파악해야 할 차례였다.

"알고… 있는 거야."

일찌감치 약속 장소인 호프집에 도착해서 기다리던 내가 생맥주를 한 모금 마신 후 혼잣말을 꺼냈다.

"아마 기대 이상일 겁니다. 부대표님이 제작한 영화이니까요. 영화를 보고 난 후 저와 소주 한잔하시죠."

'끝까지 잡는다'의 티켓을 건네러 SB컴퍼니로 찾아갔을 때, 백주민은 영화를 보고 난 후 함께 소주를 마시자고 제안했다.

평소 백주민은 술을 즐기는 성격이 아니었다.

그런 그가 먼저 술을 마시자고 제안한 것이 무척 의미심장하게 느껴졌기에 난 이런 확신을 품은 것이었다.

딸랑.

그때, 호프집 문이 열리고 백주민이 들어섰다.

'옷이 변했네.'

내가 두 눈을 빛냈다.

백주민은 평소 유니폼처럼 착용하던 녹색 체육복과 삼선 슬리퍼 대신 정장과 구두를 착용하고 나타났다.

"다른 사람 같습니다."

내가 칭찬하자, 백주민이 멋쩍게 웃으며 대답했다.

"예의를 갖춰야 할 것 같아서 오는 길에 백화점에 들러서 한 벌 사 입었습니다."

'예의를 갖춰야 한다고?'

그 대답을 난 무심코 흘려듣지 않았다.

'왜 오늘은 예의를 갖춰야 한다는 걸까?'

백주민을 안 지도 꽤 긴 시간이 흘러 있었다.

그동안 그는 날 만날 때 복장에 크게 신경 쓰지 않았다.

그런데 하필이면 오늘 정장을 갖춰 입고 나타난 데는 어떤 이유가 있을 거라는 생각이 들었을 때였다.

"존경심이 들었습니다."

백주민이 덧붙였다.

"갑자기 왜……?"

"'끝까지 잡는다'를 봤으니까요."

"……?"

"만약 저라면 부대표님과 같은 선택을 하지 못했을 겁니다. 그건 스스로를 드러내는 것이나 마찬가지이니까요."

'알고… 있네.'

짐작대로 백주민은 내가 회귀자라는 사실을 확신했다.

다만 '회귀자'라는 단어를 언급하지 않는 것뿐.

"그런 위험성에도 불구하고 부대표님이 '끝까지 잡는다'를 제작한 이유가 돈 때문이 아니라는 것을 저는 알고 있습니다."

'백주민은 이런 말을 할 자격이 있지.'

내가 희미하게 고개를 끄덕였다.

회귀한 투자자인 백주민은 무척 짧은 시간에 수백억을 벌었다. 게다가 아직 끝이 아니었다.

돈이 돈을 번다는 옛말은 틀리지 않았고, 투자할 수 있는 자금이 늘어난 백주민은 앞으로 훨씬 더 많은 수익을 거둘 터였다.

'수천억, 아니, 수조를 벌어들일 수도 있겠지.'

그런 그의 입장에서는 '끝까지 잡는다'가 흥행에 성공했을 때 벌어들일 수 있는 돈이 푼돈처럼 느껴질 수도 있었다.

"아마 흉악한 살인범에 의해서 더 많은 무고하고 억울한 피해자가 발생하는 것을 막기 위해서 이런 결정을 내리신 것일 겁니다."

'모르는 게 없네.'

내가 속으로 혀를 내둘렀을 때, 백주민이 갑자기 자리에서 일어섰다.

"진심으로 존경합니다."

깊숙이 고개를 숙이며 인사하는 백주민으로 인해 내가 당황했다.

"갑자기 왜……?"

"그래서 앞으로도 부대표님과 쭉 함께 일하고 싶습니다."

"……?"

"부대표님은 제가 할 수 없는 일을 하실 수 있을 것 같으니까요. 저는 그런 부대표님을 곁에서 계속 돕고 싶습니다."

'내가 회귀자인 것을 인정하고 함께 살아가자는 뜻이로구나.'

백주민의 말뜻을 이해한 내가 입을 뗐다.

"오히려 제가 부탁하고 싶었던 바입니다."

＊　　　＊　　　＊

"팀장님, 부일 극장에서 우리 작품을 상영하고 싶다는 연락이 왔습니다."

"부일 극장? 내가 찾아가서 상영관 좀 달라고 그렇게 애원할 때는 들은 척도 안 하던 양반이 왜 갑자기 맘이 바뀌었대?"

"괘씸한데 거절할까요?"

"야, 그렇다고 거절하란 소리는 아니지. 김 대리, 한국말은 끝까지 들어 봐야 한다는 이야기도 몰라?"

대표실과 사무실은 분리되어 있었다.

그렇지만 사무실에서 오가는 대화 소리는 대표실에 머물고 있던 한우택의 귀에도 고스란히 들려왔다.

쉬지 않고 울리는 전화벨, 그리고 직원들의 상기된 목소리가 Now&New의 창립 작품인 '끝까지 잡는다'가 본격적으로 흥행 가도를 달리기 시작했다는 증거처럼 느껴졌다.

"결국 서진우 씨의 말처럼 됐네."

거액의 홍보비를 투입해서 기존에는 시도한 적 없던 프라임 시간대에 TV 광고를 했던 승부수가 먹혀들었다.

또, 영화를 관람한 관객들 사이에서 영화가 아주 재밌다는 입소문이 퍼진 것도 흥행세에 불을 지폈다.

그리고 하나 더.

'끝까지 잡는다'가 개봉한 후, 일주일 뒤 개봉 예정이었던 '살인의 기억'의 개봉이 무기한 연기된 것도 Now&New 입장에서는 호재였다.

"이제는… 한숨 돌려도 되겠네."

한우택이 '끝까지 잡는다' 개봉을 앞두고 가장 걱정했던 것 중 하나가 바로 '살인의 기억'이란 막강한 경쟁작이었다.

"이건 무조건 터져. 내가 장담컨대 대박 날 거야."

'살인의 기억'의 투자와 배급을 맡은 리온 엔터테인먼트 투자 팀장 박중배는 술자리에서 여러 차례 작품에 대한 강한 자신감을 내비쳤다.

한우택은 그 이야기를 지인들을 통해 건너 건너 전해 들었기 때문에 신경이 쓰이지 않을 수 없었다.

그런데… '끝까지 잡는다'의 막강한 경쟁작이 될 거라 여겼던 '살인의 기억'은 개봉을 뒤로 미뤄 버렸다.

한우택이 휴대 전화를 꺼내서 서진우에게 전화를 걸었다.

통화음이 다섯 번 울렸을 때, 그가 전화를 받았다.

"한 대표님, 무슨 일로 연락하셨습니까?"

서진우가 꺼낸 질문을 들은 한우택이 입을 뗐다.

―부대표님은 '끝까지 잡는다'의 상황이 어떻게 진행되고 있는지 궁금하지도 않습니까?

"저도 궁금합니다."

―그런데 왜 연락 한 번 없으십니까?

"죄송합니다. 제가 좀 바빴습니다."

―네? 아무리 바빠도…….

"그리고 일전에도 말씀드렸듯이 저는 한 대표님을 믿습니다. 그래서 알아서 잘해 주실 거라고 생각하고 있었습니다."

―다행이네요.

"뭐가 다행인 겁니까?"

―부대표님의 기대에 어느 정도 부응한 것 같아서요.

『회귀자와 함께 살아가는 법』 7권에 계속…